リセット〈上〉

Izumi Tanizaki
谷崎 泉

CHARADE BUNKO

Illustration

奈良千春

CONTENTS

二〇〇五年、一月。

埼玉県川越市《かわごえ》。市の中心部から西南へ車で十分ほど走ったところに、川越緑《みどり》の丘《おか》霊園と名づけられた、中規模の墓地がある。隣に位置する陽光寺《ようこうじ》が設立した霊園は、境内の墓地が手狭になったのと、今後の需要を見込んで昭和五十年代の終わり頃、新しく開かれたものだ。

新年が明け、あっという間に月日が経《た》ち、一月最後の日曜となったその日。年が変わってから居着いている寒波のせいで、厚い雲が空を覆い、墓地にも寒風が吹きつけていた。霊園の周囲には木々が植えられているものの、十分な防風林とはなってくれない。身を切るような冷たさの風は建ち並ぶ墓の間を抜けていく。

昼前、通りに面した場所にある車寄せに停《と》まったタクシーから一人の男が降り立った。地味な色合いのスーツに、濃色のコート。手にはお供え用の花を提げ、立ち止まって墓地を眺める。背後の車が走り去ってしまうと、一つ息を吐いて、歩き始めた。

寒さに閉口しているというよりも、元々笑みを知らない顔の表情は硬く、その場に似合う厳粛な雰囲気を醸し出している。彼は足早に通路を抜け、まっすぐに目的の墓を目指す。年始めに墓参を済ませた遺族が多いせいか、霊園には人気《ひとけ》はなく、風が木々を揺らす音程度しか聞こえなかった。

　墓地の奥手にある墓に辿《たど》り着くと、その前で立ちつくし、じっと墓石を見つめた。随分時間がかかってしまったが、こうして訪ねられただけでもよかった。どうしても一緒に参りたかったので、互いの都合をつけるのに苦労した。

　しばし墓を見つめていた彼は、腕時計を見て時刻を確認した。十一時八分。約束は十一時で、遅れたかとも案じたが、相手はまだ現れない。連絡はないから、そのうちやってくるだろうと思い、先に水を汲《く》みに行こうかと振り返りかけた時だ。

　顔を向けた先に慌てて走ってくる姿が見えた。目が合うと、離れた場所から「すまん」と詫《わ》びる声が聞こえる。

「俺も今来たところだ」

「…一人か？」

「いや。来るとは言っていた。ここで待ち合わせようということにしたんだが」

　本当は二人で参ろうと思っていたのだが、どうしても一緒に行きたいと言われ、場所と時刻を教えた。部外者だと言いきれない部分もあり、承諾した。

「出先からか？　休みを取ると言ってなかったか？」

「取ったはずだったんだが…うまくはいかないな。どうしても外せない用だからと言って、抜けてきている。そっちは？　非番だと言ってなかったか？」

「俺も…一昨日《おととい》からうちに帳場が立って…。うまくいかん」

渋い表情で似たり寄ったりの状況を話し合い、墓の前に並び立つ。墓石に彫られた墓碑銘を無言で見つめた。長い間、謎のままだった真実が判明し、すでに五ヶ月近くが経とうとしている。時の流れの早さに改めて驚かされる。

「二十五年か…」

墓を見つめたまま、男がぽつりと呟《つぶや》くのに、彼は低い声で「ああ」と返事した。二十五年という言葉が何を示すのか、彼にはよくわかっていた。

二〇〇四年、十二月。刑事訴訟法が改正され、公訴時効期間が延長された。それまで死刑に当たる罪に関しては十五年とされていた公訴時効期間が、新年の一月一日より二十五年へと引き上げられた。

「長いな」

「廃止を望む声も多い。今後、さらなる見直しも検討されるかもしれない」

「そうか…」

彼の声に頷《うなず》き、男は肩で大きく息をつく。もしも…などという言葉は、お互いが口にしなかったが、心に浮かべてしまうのは仕方のない話だ。もしも、法改正が一年早く行われていれば。あの時、時効を迎えていなければ。どうなっていたのだろう。

自分たちが選んだ決断は間違いではなかった。そう信じて、後悔はしないようにしよう。何度も話し合った頃はまだ夏で、こんな寒さがやってくるなんて想像もできないような暑さだった。

様々な思いを胸に立ちつくしたままでいると、彼の携帯が鳴り始めた。すっと表情を引き締め、携帯を取り出したが、着信名を見て鼻先から息を吐く。待ち合わせをしている相手からだった。

「……はい。……もう来てる。……ああ、わかった。緑の丘霊園だ」

短い会話で携帯を閉じた彼を、男が窺《うかが》うように見る。今駅に着き、タクシーで来るそうだと伝えると、男は先に水を用意しておこうと提案した。持参した花をその場へ置き、二人で水汲み場へと向かう。

言葉なく、墓地の通路を歩きながら、彼は隣を見ないまま異動の内示が出たのだと告げた。

「二年くらいはいると言ってなかったか？」

「…働きすぎたかもしれない」

驚いた顔で見た男は、彼が真面目《まじめ》に呟くのを聞いて、声をあげて笑う。彼の「活躍」は確かに評判を呼んでいる。しかし、彼の立場上、その活躍は芳しくはないものだ。

「行き先は決まってるのか？」

「大阪府警だ」

「それは…また…」

厳しい異動先だな…と言いかけた男は、ふいに言葉を止めて、笑みを浮かべた。「喜んでるんじゃないのか？」と聞く男に、彼は渋面を深めて、だから厄介なのだとぼやく。

「ついてくると言ってるんだ」

「俺もその方が安心だ」

「本気で言ってるのか？」

「お前には見張り役が必要だ」

どういう意味だと問い返そうとした時、呼び声が聞こえた。顔を上げれば、通路の先に遅れて着いた相手が見える。大きく手を振りながら駆けてくる姿を目にしただけで、いまだ不思議と心が揺らぐ。安堵《あんど》と昂揚《こうよう》が入り混じったような気持ちを抱ける相手は一人だけだ。

見張り役か。それも言い得て妙かもしれないと思い、彼は小さく息をついた。誰にも言えない本当の気持ちが混ざったその吐息は、空風に混ざり消えていった。

一九八九年、東京。

西改札口を出てすぐの交差点を渡り、左に折れてまっすぐ進み、二つ目の角を右へ曲がる。しばらく歩いた右側に見えてくる茶色のマンションに、時任貴子《ときとうたかこ》が借りている部屋があった。時任はその部屋を仕事場として使っている。そこで彼女はカウンセラーとして、クライエントに心理療法での治療を行っていた。

その小さな診察室に月に一度、通ってくる少年たちがいた。一人は時任のクライエントであり、もう一人は彼のつき添いだ。今年、中学に上がったばかりの彼らは、毎月、月末近くの土曜日に四つほど離れた駅近くの住宅街からやってくる。

二人が小学校五年生の時に始まった、月に一度の診察は、その日で二十七回目を数えた。毎回、予約時間の三十分前に駅で落ち合い、電車に乗る。四つの駅を電車は十分弱で行き、時任の診察室がある駅に着く。大した道程ではないけれど、つき添いの少年は一度も欠かすことなく、診察についていった。

かんかん照りの暑い日も、粉雪の舞う冷たい日も。時任の心理療法を受けている少年…橘《きつ》田一真《たかずま》が何度「もういいよ」と断っても、つき添いの…高平尚徳《たかひらひさのり》は一緒に時任のもとを訪ねるのをやめなかった。

それには深い事情があったので、橘田も強くは拒めず、高平がついてくるのを黙認していた。毎月一度、「貴子先生」と呼んでいる時任の診察室を訪ね、一時間ほどを過ごす。再び、電車に乗って駅を四つ、戻る。合わせて二時間にも満たない時間だが、その間、毎回高平が一方的に話しかけるだけで、橘田は一言二言、話せばいい方だ。

橘田が高平を嫌っているわけではなく、思春期に差しかかった少年特有の羞恥心《しゅうちしん》めいたものが影響しているわけでもない。それが橘田が時任のカウンセリングを定期的に受けている理由でもあった。

長梅雨《ながつゆ》がようやく明けた途端、猛暑と呼ぶにふさわしいような夏がやってきた。夏休みに入り、十日余りが過ぎたその日は、七月の末日で土曜日だった。朝から雲一つない空が広がり、強い日差しがアスファルトまでも溶かすような勢いで降り注いでいる。時任との約束は四時で、高平は時計を見ながら、家を出た。

「尚徳。帰ってきてたの？」

自転車を車庫から出していると、買い物から帰ってきた母親に出会《でくわ》した。姿が見えなかったので、書き置きは残したのだが、ちょうどいいと思い行き先を告げる。

「ああ。けど、今日、貴子先生のところだから。行ってくる」

「あ、そうか。月末だものね。一真くんの調子がよさそうだったら、夕ご飯誘ってみて。どうせ、一真くんのお父さん、今日も仕事なんでしょう」

「わかった」

母親も高平も、橘田が夕飯の誘いに乗ることはないと知っているのだが、いつも同じような会話を交わす。いつか、来てくれるといい。そんな願いをこめた会話が交わされるようになってから長い。

気をつけて…という母親の声に送られ、高平は自転車に跨《また》がる。中学に上がってから、高平はバスケ部に所属した。今は夏休みだが、毎日のように部活がある。土曜のその日も、弁当持ちで一日部活だったが、時任との約束があったため、早退した。

家にいったん戻り、着替えを済ませてから駅へと出掛けた。中学の横を通りかかると、グラウンドを走っている友人から声をかけられる。さぼりか？　なんて聞いてくる相手に大声で否定し、ペダルを漕ぐ足に力をこめる。

駅の駐輪場に自転車を停め、券売機で切符を買った。改札を抜けて、橘田の姿を捜しながらホームを歩いていく。駐輪場や券売機の前などで見つけたりもするが、ホームにいることの方が多い。案の定、ホームの隅で人を避けるようにしてぽつんと立っている橘田を見つけ、高平はほっと息をついて、近づいた。

声をかけるでもなく横に並び立ち、次に来る電車の案内を見る。三分後。二人は日除《ひよ》けのある場所に立っていたが、屋外にあるホームは日陰であっても暑かった。目の前に見える線路から湯気が上っているような錯覚さえする。自転車で走ってきたせいもあり、額から垂れた汗の滴を高平は鬱陶《うっとう》しそうに手で拭《ぬぐ》った。

「…暑いな」

独り言のように高平が漏らした言葉を受け、橘田は小さく頷く。横に並んで線路の方を向いていたから、頷く仕草を気配で感じただけだったけれど、高平は安堵した。ちらりと横目で隣を見ると、白くて小さな横顔が気怠《けだる》げな表情を浮かべて、線路を見ていた。

暑いと橘田は感じているようだが、彼の外見はそのように見えない。高平のように汗を浮かべているわけでもなく、いつもと変わらない顔が不快そうに曇っている程度だ。中学に上がったばかりだというのに、身長が百七十センチに届き、少年を脱しつつある体格の高平に比べ、橘田は実に華奢《きゃしゃ》だった。

まだ子供の域を出ていないような小柄さは、小学生で十分に通じる。学年の中でも大柄な高平と並ぶと、とても同じ歳《とし》には見えない。成長期というのは個体の格差が大きいものだが、高平と橘田の差は歴然としていた。

数年前までは同じような背丈だったのに。その頃のことを思い出すと、同時に苦い思い出が甦《よみがえ》って、高平は橘田から視線を戻した。また線路を見つめ、ぼんやりと考える。あれから橘田はすべてが止まってしまったのかもしれない。そう思うと、すくすくと成長している自分が恥ずかしくも思えてくる。

考え込んでいた高平の耳にはアナウンスが届いていなかった。いきなり電車が目の前に入ってきたように感じられて、びくんと身体《からだ》が震える。小さく息を吐き、開いたドアから電車に乗り込んだ。

車内は冷房がうんときいていて、ホームとは別世界だった。空いている席に並んで腰かけ、一息つく。次の駅に着くと、三々五々、乗客が乗り込んできた。土曜の午後という中途半端な時間帯のせいか、それでも席が埋まりはせず、電車は動き出す。高平の汗も冷房によって引いていた。何気なく、吊《つ》り広告に目をやった時、隣から小さな声が聞こえた。

「…いいのか?」

どんなか細い声でも、高平が橋田の声を聞き逃すことはない。短い問いかけは他の人間にとっては意味をなさないものだったろう。それでも高平にはすぐに通じて、「ああ」と返事をした。

橋田が声を出して聞いてくれたのに、高平は心の中でほっと息をつく。橋田は迷うような声音で、続けて言った。

「でも…」

「いいんだ。夏休みだってのに毎日のようにあるんだから。たまには休まないとやってられないって。この暑さだぜ? 坂本《さかもと》なんか、さぼりまくりだよ」

橋田が「いいのか?」と確認したのは、バスケ部の部活動が今日もあるのを知っているからだ。休ませてしまったと気にしているのはわかっていて、高平はわざと乱暴な口調で話を続ける。

「明日だって、弁当持ちで北中まで行くんだぜ。一年なんて、まだ試合に出してもらえないから、見てるだけなんだ。この前、野球部の奴にバスケ部は体育館だからいいよなとか言われたんだけど、体育館ってのもこの時期、地獄なんだって。サウナにいるようなもんだよ。せめて動ければいいんだけど、一年は立って見てるだけだからさ」

高平は普段、お喋《しゃべ》りな方じゃない。家族とも友達とも、必要最低限な会話しか交わさない。そんな彼が唯一、お喋りになる相手が橘田だった。たくさん話題を並べて、その中のどれでもいいから、橘田が反応して返してくれれば。

彼がもっと話してくれれば。そう願って、高平は得意ではないお喋りを続ける。橘田が自ら口を開くのは調子がいい時だ。それが自分を心配する問いかけであっても、高平にはチャンスと思えた。

「試合に出してくれれば俺の方が絶対、点が取れるって思うんだけどな。上下関係っていうの。そういうのが厳しいんだ。バスケ部は。バレー部なんかは一年だって、がんがん試合に出してもらってるんだけど」

クラブによって差があるのは不公平だ。そんな高平の文句を、橘田はじっと聞いていた。隣に座っていたからまっすぐではないけれど、高平の方に視線を向け、耳を傾けている。その表情は興味深げでも楽しそうでもなく、ぼんやりとした無表情であったが、高平は構わなかった。

橘田は自分の話を聞き漏らさない。どんなに下らない話でも…昨日の夕食はいまいちだったとか、テレビのチャンネル取り合いで弟を泣かせて母親に叱《しか》られたとか…橘田は真面目に聞いてくれる。

短い乗車時間中、高平はずっと話し続けた。四駅などあっという間で、目的の駅へ着く。様々な路線が重なる大きな駅は、高平たちが利用する駅とは規模が違う。電車の終点でもあるため、乗客皆が開いたドアから降りていく。高平と橘田もそれに混じり、ホームへ出ると、西改札口を目指した。

高平が橘田と、彼の父親と共にその駅を初めて訪れたのは、小学校五年生の春だった。正確には五年生になる前の春休みだ。橘田の父親から高平の両親が頼みを受けた。一真がこれからしばらく、定期的にカウンセラーにかかるのだが、一人では心配なので、尚徳くんを同行させてはくれないかという内容だった。

すべての事情を把握している高平の両親はすぐに了承した。高平自身、両親が駄目だと言っても絶対についていくつもりだった。行き先が大規模な商業施設を伴う中核駅だとしても、十分足らずの乗車時間で着くのだから、小学校高学年の子供ならば一人で通える距離だ。だが、橘田の抱える特殊な事情が、周囲の心配を煽《あお》った。

橘田はある事故をきっかけに、父親と高平以外の相手と、コミュニケーションが取れなくなった。父親と高平に対しても、必要最小限の口しかきかないのだが、その他の相手に対してはまったくの貝になってしまう。そんな橘田が地元を離れた場所で何かトラブルに巻き込まれたら、深刻な事態になりかねない。

橘田の父親が心配するのはもっともで、自分以外にコミュニケーションの取れる高平を頼るのも自然な成り行きと言えた。時任のもとへ通うのは、学校のことも考え、土曜日の午後と設定されていたのだが、橘田の父親は定期的な休みの取れる職種ではなかった。

初めて時任を訪ねた時、高平も一緒に部屋へ入った。時任貴子は若くして結婚した高平の母親と変わらぬ年齢だったが、印象はずっと違っていた。こんにちは。まっすぐに目を見られ、静かな物言いで挨拶《あいさつ》してくる時任を、高平は第一印象から「苦手だ」と思ってしまった。

何が苦手だったのか。時任は品のいい美人だったし、話し方も穏やかで、ケチのつけどころがない相手だった。子供や女性相手のカウンセリングを専門にしているというだけあり、高平への接し方もそつがなかった。

ただ…高平にとっては時任の目が怖く感じられた。怖いというよりも、底知れないといった方がいいだろうか。何もかもを見透かされているような。私はね、君のことならなんでもわかるよ。君の秘密も知ってるよ。そう言われているような気がして、気分が悪くなった。

橘田の父親から高平を紹介された時任は、ならば一緒にお話ししましょうか…と提案したのだが、高平自身が嫌だと突っぱねた。自分はあくまでも行き帰りの保険みたいなものだからと言い、マンションの外で待つことにした。

毎月だから、天気のいい日もあれば、悪い日もある。時任が借りている部屋は１ＬＤＫの間取りで、カウンセリングが行われるのは奥の個室だった。居間の方で待っていたらと勧められたが、それでも時任と顔を合わせるのが億劫《おっくう》で、高平は頑《かたく》なに部屋へ入ろうとはしなかった。

西改札口を出た二人は通い慣れた道を歩き、ほどなくしてマンションに着いた。高平が腕にはめたデジタル式の時計を見ると、三時四十七分を指していた。

「…早いかな」

「大丈夫だと思う」

約束は四時だ。早く着きすぎただろうかと心配する高平に、橋田がぼそりと答える。時任はクライエントとの会見には時間の余裕を持たせている。早く着いても大抵、迎え入れてくれる。それは高平も知っていたので、「そうだな」と相槌《あいづち》を打った。

「じゃな」

高平はマンションのエントランス前で立ち止まり、中へ入っていく橋田を見送る。小さな背中が日陰に足を踏み入れた時、突然振り返った。

「……暑くないか？」

四時も近いというのに、陽《ひ》の強さは衰えを知らず、アスファルトを照りつけている。駅からわずかな距離を歩いただけでも汗ばんでしまった。日向に立つ高平を心配し、小さな声で尋ねる橋田に、高平は笑って「平気だ」と返す。

「向こうの自販機でなんか買ってきて、そこの日陰で休んでるから。さすがに日向にはいないって」

「…貴子先生の部屋ならクーラーもきいてるから」

「いいよ。苦手なの、知ってるだろ？」

軽い口調で言って肩を竦《すく》める高平に、橋田は小さく「ごめん」と詫びて、背を向けた。橋田の姿が消えると、高平は溜め息《たいき》をついて頭を掻《か》く。苦手とか、言っちゃいけなかったか。いつも橘田を気遣わせるような言葉を口にしないように気をつけてはいるのだけど、つい失敗してしまう。

小さな後悔と共に、高平は道路脇にある自販機へ歩み寄り、スポーツドリンクを買った。よく冷えた缶を手にするだけでも気持ちがいい。エントランスの軒下へ入ると、日陰のありがたさを感じた。

「ふう……」

定位置でもある隅の段差に腰かけ、缶の半分ほどを飲み干す。もう一度時計を見ると、五十分になっていた。時任は時間に正確だ。面会は一時間と決まっているから、四時五十分には橘田は戻ってくるだろう。

橘田が時任とのカウンセリングを受けている間、高平はいつもひたすら彼が戻ってくるのを待っていた。暇つぶしにマンガ本などを持ってきたりすることもなく、ただ、待っている。橘田は時任と話せているだろうか。今日は進展があるだろうか。根気よく続けられているカウンセリングは目に見えるような効果は出せていないが、橘田の状況が悪化することもない。それだけでもいいと、高平は思っていた。

基本、時間薬だからなあ。そう言ったのは、高平の父親だった。エンジニアでもある父親は、カウンセリングというものに懐疑的で、効果があるかどうかは疑問だと口にしていた。時間薬。確かにそうだ。時間が経てばいつしか傷が癒《い》えるように、橘田だって大人になる頃には気づかないうちに、治っているかもしれない。

たぶん、今は一番難しい時期なのだ。その間、自分にできることは橘田の側《そば》にいて、見守ることだけだ。橘田を悩ませたり苦しませたりすることはないか見張って、できる限り、静かな環境を保って、治るのを願う。自分が橘田につき添って時任のところまで通うのは、そのための一環だと高平は捉《とら》えていた。

軒下にいるため、正面に空はない。斜め上を見ればまだ青い空があった。あれが夕焼けに染まるまでにはしばらくあるだろう。夏至は過ぎたが、まだまだ日は長い。家に着く頃、ようやく日が沈みかける。

来月になれば、同じ時間でも空の色が変わるはずだ。お盆を過ぎるとぐっと日が短くなる。橘田を待っている間に、夕焼け空が見られる日も近い。手にするのがホットドリンクという日だって、すぐに来る。

それぐらい時間は早く過ぎていくのに、橘田の時間だけは止まったままみたいに見える。急《せ》いてはいけない。時間薬なんだから。いつも繰り返し、自分に言い聞かせる言葉を高平は心の中で呟き、缶の残りを飲み干した。

空き缶を自販機の隣にあるゴミ箱へ捨てに行ったのは、四時二十分頃だった。それからしばらく、マンションへ出入りする人間が複数見られた。駅にほど近いマンションには、間取りの関係もあり、学生や単身者が多く住んでいるようだった。誰もが、座り込んでいる高平に興味を抱くこともなく、素通りしていく。

四時半を過ぎたところで、高平は時計を見た。もうすぐ戻ってくるな。そう思った時、突然、おなかがぐうと鳴った。

「……腹減ったな…」

昼食には母親が作ってくれた弁当とおにぎりを三つ食べたのだが、すっかり消化してしまっている。今日の夕食は何かな。そう考えて、母親から橋田を誘うように言われたのを思い出した。

これまで、夕飯の誘いに橋田が乗ったことはないのだが、一応、誘ってみよう。母親も言ってたけれど、きっと橋田の父親は今日も仕事で、橋田は家に帰っても一人ぼっちなのだ。毎日のことだから慣れていると橋田は言うかもしれないが、楽しいとは思えない。

それに今日は思いがけず、たくさん橋田の声を聞けた。もしかしたら、夕ご飯も食べていくと言ってくれるかもしれない。そんな期待も抱きつつ、母親の作る夕食の内容を想像した。高平の母親は残念ながら、料理が得意な方ではない。男の子二人なんて何を食べさせたって、質より量なんだから、凝ったものなんか作れない…というのが母親の言い分なのだが、本人のスキルに問題があるのだろうと、高平は密《ひそ》かに思っていた。

昨日はカレーだったから、今日はカツ丼か野菜炒《いた》めといったところか。どうせならカツ丼がいいなと思ったら、またおなかが鳴る。時計を見ると、いつの間にか四時五十分になっていた。

「……」

そろそろ橘田が戻ってくる頃だ。座っていた高平は立ち上がり、マンションの入り口を覗《のぞ》き込んだ。ずらりと並んだ郵便受けの向こうにエレヴェーターのドアが見えるが、開く気配はない。

どうしたんだろう。何かあったんだろうか。そんな不安を高平が抱き始めたのは五時十五分を過ぎた頃だった。五分十分ならばまだしも、戻ってくると考えていた四時五十分を、二十五分も過ぎている。

五時二十分まで待ったところで、高平は億劫に思いながらも、マンションの中へ足を踏み入れた。時任も橘田も几帳面《きちょうめん》な性分だし、普段から自分を待たせているのを気にかけている。これだけ遅れるのならば、事情を説明しに来るはずだった。エレヴェーターは一台しかないので、橘田に出会さないかと期待したが、残念なことにやってきたエレヴェーターの中には誰も乗っていなかった。

四階でエレヴェーターを降り、廊下に出たが、橘田の姿はそこにもなかった。コの字型の廊下の先に、時任の部屋はある。高平は自分が緊張しているのを感じつつ、規則的に廊下を歩いて部屋まで辿り着く。小さなネームプレートに「時任」という文字があるのを確認して、インターフォンを押した。

部屋まで訪ねるのは久しぶりだ。時任に会うのも。大きくなったねえ…と言われるに違いない。久しぶりに高平に会う大人は決まってその台詞《せりふ》を口にする。それを聞くたび、面はゆいような気分にさせられるのがたまらなかった。

けど、これも橘田のためだ。自分にそう言い聞かせて、何気なく深呼吸した高平は、その異変に気がついた。

「……？」

どうも…焦げくさいような気がする。なんだろう。インターフォンの返事もない。やっぱり何かあったんじゃないか。そんな予感がして、高平はドアノブに手をかけた。鍵《かぎ》はかかっておらず、簡単に開けられる。迷いつつ、少しだけドアを引いてみると、わずかにできた隙《すき》間《ま》からもっと濃い臭《にお》いが漏れ出てきた。

「…っ…!?」

明らかに何かが燃えている臭いだ。高平は慌ててドアを開け、玄関へ飛び込んだ。玄関には橘田が履いていたスニーカーと、女物のパンプス、子供用の小さな靴がそれぞれ一足ずつ並んでいた。

パンプスはともかく、子供用の靴がどうしてここにあるのか。そんな疑問は高平の頭に長くはとどまらなかった。玄関に入ると、確実に中で火災が起こっているのがわかったからだ。高平は橘田が心配で、名前を呼びながら靴のまま、部屋の奥へ進んだ。

「一真！　貴子先生！」

二人とも無事なのか。不安な気持ちがいっぱいで、誰かを呼びたかったが、呼んでいる間にも悪い結果になってしまうかもしれない。まずは橘田たちを助けないと。高平が夢中で居間へのドアを開けると、そこはまさしく火の海だった。

「っ……!」

　窓辺の方から火が吹き上がるように燃えている。それに煙もすごい。高平は身を低くし、煙を吸わないよう、Tシャツの裾《すそ》を手繰り寄せ、口元に当てた。

「…一真…っ…」

　どこかに橘田が倒れたりしていないか。必死で火を避けながら、居間の奥を覗き込む。すると、ソファの向こうに火元と思《おぼ》しき、二つの固まりがあった。それらから炎がすごい勢いで燃え上がっており、周囲へと引火しているようだ。

　それがなんなのか。高平にはすぐわかった。人間だ。横たわった人間が二人、燃えている。まさか橘田と貴子先生が…と息を飲んだが、両方とも大人の大きさで、橘田とは違う。片方が貴子先生だとしたら……もう片方は?

　恐ろしくて、膝《ひざ》が震え出す。その場に座り込んでしまいそうになったが、橘田を捜す方が先だと、自分をなんとか奮い立たせた。それらから目を背け、口元を押さえたまま、くぐもった声で名前を呼ぶ。

「一真…っ……一真っ…」

　返事はない。あたりを見回しても橘田らしき影はなく、高平はここにはいないのだと判断した。ならば、奥の部屋か。橘田がカウンセリングを受けていたのは居間の隣にある部屋だった。

　火と煙を避けながら部屋のドアに辿り着き、中へ入る。そこには火が回っておらず、ドアを探して追う。扉をすぐに閉めて、橘田を捜した。

「一真！」

八畳ほどの洋間には、机と本棚、それに来客用の椅子《いす》が二脚に簡易テーブルがあった。広い部屋じゃない。ぐるりと見回してすぐに橘田の姿がないのがわかる。

橘田は一体どこへ行ったのか。やはり…燃えさかっていたあの二つの、片方が橘田なのか。嫌な考えが頭を過《よ》ぎり、絶望しそうになった時、部屋に設《しつら》えられているクローゼットが目に入った。

もしや。そんな予感を持って、高平はクローゼットに駆け寄り、扉を開ける。

「っ……一真！」

洋服がかけられたクローゼットの中に、橘田は蹲《うずくま》るようにして隠れていた。膝に顔を押しつけ、丸くなっていた彼は、高平の声を間近で聞いて、のろのろと面を上げる。

「……ひ…さの…り……」

「大丈夫か？　怪我《けが》は？」

ぎこちなく首を動かして返事する橘田を見てほっとする。一体、何がどうなっているのか。聞きたいことは山ほどあるが、今は一刻も早く、ここを抜け出さなくてはいけない。高平は橘田の腕を取り、彼をクローゼットから引きずり出した。

「歩けるか？」

「…ん……。尚徳、貴子先生が…」

「向こうの部屋がすごく燃えてる。このままじゃ出られなくなる。とにかく、早くここを出よう」

表の部屋に燃えている人間らしきものがあり、それが貴子先生ではないかとは、とても言えなかった。火災の起きている部屋から出るのが先だと促す高平に、橘田は頷く。しかし、高平が部屋のドアに手をかけようとすると、後ろから再度、「尚徳」と呼びかけてきた。

「どうした?」

「子供が……いなかったか? 小さい、男の子だ」

「……」

橘田に聞かれ、一瞬、頭の中に玄関で見た靴が甦った。居間の窓際にあったのは大人の大きさが二つ。他にはなかったし、橘田を捜して居間中を見たけれど、子供の姿なんて見かけなかった。

「いや……」

「いるはずなんだ。外に出ていったのなら、廊下とかで出会わなかったか?」

それもなかった。橘田に出会さないかと、窺いながら上がってきたから、子供の姿を見かけたのだとしたら覚えている。高平は首を横に振り、「捜そう」と低い声で言った。万が一、この中にいるのだとしたら、放っておけば焼け死んでしまう。

だが。

「っ……!」

　ドアを開けた途端、火と煙が格段に勢いを増しているのがわかり、高平はたじろいだ。さっきはまだまだ、部屋の中を捜せるくらいだったのに、目の前も見えないほどになっている。

「一真、姿勢を低くしろよ。煙を吸わないようにして…俺が子供を捜すから、お前は先に外へ出て消防に連絡しろ」

「でも…」

「いいから」

　居間にはいなかった。ならば、あとはキッチンとトイレ、風呂場だ。炎の隙間を縫うようにして先に飛び出した高平が廊下へ出ると、充満する煙の向こうから大人の声が聞こえてきた。

「誰か、誰かいますか⁉」

「…！」

　身を低くして進んできた相手を見て、高平はほっと息をついた。異変に気がついた住人が通報してくれたのか、やってきたのは制服姿の警察官だった。彼は高平を見つけると、驚いた顔になり、「怪我はないか？」と聞いた。

「はい」

「他には？」

「向こうの部屋に…俺の友達がいます」

「自分が連れ出してくる。君はすぐに外へ出なさい」

高平の背中を玄関へ向かって押すようにして、警官は奥へと橘田を助けに行く。警官に子供がいるのだと伝える余裕はなかった。橘田は彼に任せておけば大丈夫だと思い、子供は自分で捜そうと決めた。

充満する煙で十分が視界が得られない中、トイレと風呂場を覗いてみたが子供の姿はない。あとは…キッチンだ。しかし、キッチンは居間と繋《つな》がっており、火の海であるのは間違いない。それでも、行けるところまで行ってみようと思い、高平は煙と炎を避けて、キッチンへ辿り着いた。

「っ……」

大きなカウンターが火を防いでくれて、まだキッチンまで延焼してはいなかった。しかし、ものすごく熱く、口を塞《ふさ》いでいても苦しいほどの煙だ。高平は屈《かが》んだまま進んでいき、キッチンの中をくまなく捜した。すると、その隅に横たわる子供を発見した。

「……！」

二歳ほどの小さな男の子は意識を失《な》くしており、見た目では生きているかどうかわからない。だが、外傷らしきものはなく、口元に耳を近づけると微《かす》かに息遣いが感じられる。高平は安堵し、男の子を抱え上げた。

あとは外へ出るだけだ。希望を持って振り返った高平は、炎がキッチンの入り口を覆っているのを目にして、愕然《がくぜん》となる。さっきは入ってこられたのに。一分一秒が命取りということか。

足が竦んでしまったが、まごついていては自分だけでなく、男の子も死んでしまう。高平は男の子を胸へ抱え込むと、炎のタイミングを計った。生きているように蠢《うごめ》く炎は規則的に伸びたり縮んだりしているように見える。

それが縮むのを狙《ねら》い、今だと思った時に飛び出した。しかし。

「っ……‼」

背中が熱い。火が点《つ》いたのか。それでも男の子を抱えていたから、必死でそのまま走ろうとした。だが、煙で前は見えないし、頭も朦朧《もうろう》としてしまい、そのまま頽《くずお》れてしまう。そこへまた大人の声が聞こえた。

「大丈夫ですか⁉」

声の主が銀色の服を着ているのは確認できた。今度は消防士か。よかった。これで助かる。一真は…一真は無事、外へ出ただろうか。一真は……。

薄れていく意識の中で、焼けるような痛みと共に、高平の頭の中には橘田の無事を願う思いしかなかった。

マンションでの火災、四人死傷。

三十一日、午後五時頃、大田区蒲田《かまた》二丁目のマンション「ヴィラ蒲田」四階、時任貴子さん（35）方から出火、1LDKの同方約四十平方メートルを焼いた。焼け跡から女性二人の遺体が見つかり、蒲田署で身元を調べている。また、パトロール中に火災を発見し、救助に入った蒲田署の上村《うえむら》孝《たかし》巡査（26）が煙を吸い込み、重体。時任さん方にいた少年（13）も火傷《やけど》を負い、重体となっている。現在、蒲田署で出火原因を調べている。

同署によると時任さんはカウンセラーで、同室においてカウンセリングを行っていた。遺体の一人はカウンセリングに訪れていた患者と見られている。現場はＪＲ蒲田駅の西方約五百メートルで、マンションなどが建ち並ぶ地域。

一九九四年、東京。


高平くん。自分を呼ぶ声を聞き、高平が顔を上げると見知った看護師がドアを開けていた。どうぞ…と招かれ、ベンチから立ち上がって診察室へ入る。カーテンをよけ、中を覗くと主治医である大黒《おおぐろ》がにっこり笑った。

「また大きくなったか?」

「いや。そんなことないです」

定期検診で会うたび、向けられる台詞に苦笑し、高平は大黒の前に置かれた丸椅子に腰かける。大柄な高平が座ると子供の椅子のようだ。どこまで成長するのと母親から呆《あき》れられていた高平の背は、高一の終わりあたりで伸びを止めた。それでも百八十五を超えており、大抵の相手は見下ろすような形になる。主治医の大黒は小柄な方で、長身の高平をいつも羨《うらや》ましそうに見た。

「いいなあ。分けて欲しいくらいだよ」

「先生、大きいのも苦労がありますよ。うちの弟も高平くんと同じくらい、背が高いんですが、いつも頭ぶつけてますもん」

口を挟んできたのは、さっき高平を呼んだ看護師の向井《むかい》だ。向井も女性にしては背が高い方で、大黒にとっては羨む相手である。

「なんでも大は小を兼ねるって言うじゃないか」

「そうですかねえ」

形成外科の医師である大黒は熱傷治療を専門としている。五年前の火事で重度の熱傷を負った高平が救急搬送されてきた時、治療チームの一員に加わった。その後、重症期を抜けた高平に、生活への支障が最小限となるよう、様々な治療を施してきたのが大黒だ。

手術を要するような大きな治療は、高平が高校へ進学する頃には終わった。その後は定期検診として高平は大黒のもとを訪れ続けている。長期間入院していたこともあり、大黒との間柄は自然と親しいものとなり、彼だけでなく、病院内には顔見知りが大勢いる。

「調子はどう？」

「変わりません」

「そっか」

軽い口調で受け、大黒はシャツを脱いで背を向けるよう指示した。とうに診察には慣れている。高平は手早く高校の制服でもある開襟シャツのボタンを外し、機械的な動きで脱いでしまうと、椅子をくるりと回転させた。

高平が負った熱傷は背中の上部から左肩…肘《ひじ》あたりまでに至った。熱傷の重傷度はその深度と面積で判断される。高平が負った熱傷は広範囲に及び、熱傷深度も深刻なものだった。

幾度かの手術が施され、回復期を終えた今もなお、彼の背中には大きな傷痕《きずあと》が残っている。

それでも、日常生活に差し支えはない。違和感がないと言えば嘘《うそ》になるし、いろいろな不都合はあるが当時の苦しさを思えば、どんなことでも小さく感じられる。一通り診察し、「いいね」と呟いた大黒に、高平は「はい」と力強い声で返した。

「…じゃ、次は冬休みに来てもらおうかな」

「先生。いつまで来なきゃいけないんでしょうか」

診察を終えた高平は、さっき脱いだばかりのシャツに袖《そで》を通しながら、大黒に尋ねた。大黒は小さく驚いたような顔で高平を見る。

「来るの、嫌かい?」

「嫌ってわけでは…」

「めんどくさい?」

にやりと笑って聞く大黒に、高平は答えられなかった。無言で視線を逸《そ》らす高平の反応を見て、大黒はビンゴなのだと思い込み、いいじゃないかと鷹揚《おうよう》に言う。

「遠路はるばるってわけでもないし、あれだけ重症だった患者さんがここまで回復した事例っていうのもなかなかなくてね。高平くんは希望の星というか…。皆、顔を見たがってるんだよ」

なあ…と大黒が看護師の向井に声をかける。向井はにっこり笑って、「ええ」と答えた。

「定期検診も長いお休みごとにしかなくなったんだもの。高平くん、今度大学でしょ。社会に出るまでくらいは顔出してよ」

「……わかりました」

決して愛想がいいわけではないのだが、病院内での高平の受けはとてもよかった。大きな手術も、辛《つら》いリハビリもすべて前向きに取り組んできた。どんな治療もひたむきに受け、泣き言を一つもこぼさなかった高平は、病院から距離を置いた今も我慢強く誠実で立派な少年だと評判だ。

次の診察予約は冬休みになる十二月の最後の週に入れた。ありがとうございましたと礼を言い、立ち上がりかけた高平は、呟くような大黒の声に耳を留める。

「早いもんだよなあ。もう…五年か」

どきりとして大黒を見ると、彼の視線は机の上に置かれている卓上カレンダーに注がれていた。五年前の、七月三十一日。忘れもしないあの日。火事で重症を負った高平は、意識不明の状態で、大黒たちのいる関東医大付属病院へ搬送されたのだった。


診察室を出ると、自然と溜め息がこぼれた。今日は七月二十九日。明後日《あさって》は三十一日だ。改めて、その日が近づいていると考えるだけで、暗いような気持ちになる。けれど、そんなことを言ってる場合ではなく、橘田に連絡を取らなければと思った。

一学期の終業式が行われたのは二十三日で、それから橘田を見かけていない。高平は部活と補講で休みに入ってからも毎日、学校に通っているが、橘田は来ていなかった。

中学を卒業した二人は、地元の高校に揃《そろ》って進学した。中程度のランクのそこは、勉強がさほど得意ではない高平に見合っていても、橘田にふさわしいとは言い難い高校だ。橘田は成績優秀で、中学三年時の担任からも最後まで別の高校を受験するよう、勧められていた。それでも、家から近いという理由を強く挙げて、高平と同じ高校へ進学した。

入学後、高平は剣道部へ入部した。中学時代、高平はバスケ部に所属していたが、バスケのユニフォームでは傷痕が目立つ。剣道を選んだのは道着でそれが隠せるからだ。そんな考えに気づいたのかどうかはわからないが、橘田も後を追って剣道部に入ってきた。

橘田が自分を気遣い、側にいようとしているのはわかったが、それまで運動とは無縁の生活を送ってきたのだから、無理はするなと言った。しかし、意外にも橘田は剣道において才覚を現し、三年になるまでの間にかなりの腕前となった。

橘田はとにかく真面目で、練習熱心だ。そんな彼がこのところ、部活に姿を見せていないのには理由がある。去年もそうだった。七月三十一日という、自分たちにとっては辛い記憶の詰まった日と、自分を避けているに違いない。あの日のことを思い出したくないからというだけではない。

二人で出口のないトンネルに潜り込んでしまったのは、一昨年《おととし》のことだ。苦く思い、高平は溜め息をつく。顰《しか》め面で廊下を歩き、形成外科の診察室がある二階からエスカレーターで一階へ下りる。その途中、見えてきたロビイに思いがけない人影を見つけて息を飲んだ。

大黒の診察は術後経過を見る定期検診の枠で、いつも午後から行われる。午前中は外来診察を受診する患者でごった返すロビイも、午後になるとうんとすく。見舞客や入院患者が行ったり来たりする程度で、いくつも並んでいる待合いのソファにも腰かけている人間はまばらだ。

その中で年若い橋田は一人、浮いていた。年齢のせいで浮いて見えるのではなく、橋田自身が持つ独特の雰囲気がその理由だ。あの火事があった頃、橋田は中学生というのは憚《はばか》られるほど、小柄で華奢だった。その後、見る見る間に成長し、高平と並んでも見劣りしないような身長になった。

その上、高校で剣道を始めてからは、身長だけでなく、体格もしっかりしたものになった。小食なせいもあり、高平のような逞《たくま》しさから遠いものの、しなやかに筋肉のついた身体は弱々しくはない。日に焼けない肌は夏でも白く、顔立ちは優しげだ。けれど、笑うことを知らない目元と口元が、対峙《たいじ》する者に違和感を与える。もしも橋田が優しく微笑《ほほえ》む術《すべ》を知っていたら、どこでも人気を博せただろう。

柔らかそうなスポンジケーキを食べてみたら、偽物の蠟《ろう》細工だった。橋田と初めて会う人はそんな印象を受けるのかもしれない。エスカレーターが一階に着くまでの間、そんなことを高平は考えていた。

橋田は高平の視線に気づかず、エレヴェーターの方を注視している。待合いの向こうには上階の診察室や検査室、病棟にも繋がっているエレヴェーターが六基並んでいる。午前中ほどではないが、ひっきりなしにどこかしらのエレヴェーターが扉を開き、乗客を乗せていた。

高平が横に立つと、その気配に気づいた橘田は驚いたように身体を震わせて顔を上げた。

「何してんだよ」

「………」

すぐに答えはなく、高平は橘田の隣に腰かける。制服姿の高平とは違い、橘田は私服だった。

「言わなかったけど」

高平の声に、橘田は小さく「ああ」と答える。高校に上がる頃まで、橘田は高平につき添って病院までついてきていた。橘田の好きなようにさせた方がいいと思っていたが、定期検診が長期の休みごとになってからは、もう心配はいらないと言って、橘田を来させないようにした。

そういう区切りをつけてやらないと、橘田は生涯、自分についてくると思った。また、自分が心の底のどこかで、それを望んでいるのもわかっていて、怖かった。

今日も病院に行くとは言っていない。それに、ここしばらく、顔も見ていなかったのだ。どうしてわかったのかと聞くと、橘田は高平の方は見ないで、躊躇《ためら》いがちに口を開いた。

「…尚徳の…おばさんから、電話があって……」

「…お袋から?」

高平は微かに眉《まゆ》をひそめ、母がそんな真似《まね》をした理由を考えた。いや、考える前から、予想はついていた。昨夜《ゆうべ》のことが頭に甦り、橘田に申し訳ない気分で息を吐く。

おそらく、そうだろうけれど、一応確認しなくてはならない。もし、そうでないとしたら、ここで自爆するのは避けたい。高平は平静を装って、「なんて?」と尋ねる。

「尚徳が…進学せずに警察官になると言ってるけど、聞いてるかって…」

「……」

やっぱり。舌打ちしてしまいそうになったのを耐え、高平はますます眉間《みけん》の皺《しわ》を深くして、頭を掻く。普段、母親に対して悪態をつくなんてしないけれど、これぱかりは許せなかった。よりによってなんで橘田に…。

だが、母親の立場になって考えてみれば、橘田しか思いつかなかったというのはよくわかる。高平には他に親しい友人はいない。いや、友人は大勢いる。高平は誰に対しても公平な態度で接し、責任感も強く、リーダーシップも取れる。剣道部では部長として活躍しているし、同級生下級生問わず、皆から慕われている。

その中で、橘田はやはり「特別」だった。現在だけでなく、過去においても。もしかしたら橘田は、血の繋がった家族以上に深い存在かもしれない。

「尚徳」

考え込んでいた高平は、橘田の声にはっとして彼を見る。間近にある橘田の顔は、いつもと同じ無表情の中に不安が混じっているのがわかった。それに目の下のくまが目立つ。眠れていないのだろうなと思うと、やりきれない思いがした。

ここで嘘をついたところで、いずれバレる。タイミングを窺って言おうと思っていたのに。よりによって、こんな時期に言わなくてはいけなくなるとは。

高平は大きく息を吐いてから、「ああ」と低い声で答えた。

「そのつもりだよ。秋に警視庁の試験を受けるつもりだ」

「…どうして……」

顔を曇らせる橘田には本当の理由がわかっているのだろう。けれど、それは高平の口からは言えないもので、苦笑して言い訳を口にする。

「俺、成績はよくないし、適当な大学に入ったところで先は知れてるじゃないか。親に金使わせるだけ申し訳ないっていうか…。警察官なら安定してるしさ」

「どうして…警察なんだ?」

わかっているはずなのに、敢《あ》えて、言わせようとする橘田の顔は真剣なものだった。あまり深く考えて欲しくない。自分のことで苦しませたくない。高平はことさら軽く、「剣道やってるし」と理由を挙げた。

「武道やってると有利らしい。頭悪くても受かるって聞いた」

すべて言い訳だと、橘田にはわかっていただろう。けれど、彼は何も言わずに、高平から目を背ける。前を向き、俯《うつむ》き加減で握りしめた拳《こぶし》を見つめていた。

そのまま、長い間、二人はベンチに腰かけたままだった。正面にある窓越しに見える空が、眩《まぶ》しく光っているのを見て、高平は隣に声をかけた。

「行くか」

立ち上がる高平に少し遅れて、橘田もベンチから立つ。微妙に距離を置き、ついてくる橘田の気配を感じながら、高平は病院の外へ出た。夕方近いというのにまだまだ暑い。うんざりする気分で駐輪場へと向かった。


火事の際、重度の熱傷を負った高平を受け入れてくれた関東医大付属病院は、幸いにも、高平たちが暮らす町に近い場所にあった。最寄《もよ》り駅から二駅の場所は、高校生になった二人には自転車で来る方が早いくらいの距離だ。

高平も橘田も自転車で来ていたので、駐輪場に停めていた自転車に乗って帰途に就いた。二人ともが無言で走り続け、十五分ほどで見慣れた光景になる。手前に家がある橘田が、角を曲がろうとした時だ。

「泊まらせてくれ」

「どうして」

「お袋と言い合いしたくない」

唐突に言い出した高平に、橘田が渋い表情を返す。高平は自転車を漕ぐスピードを速め、彼の前へ出た。橘田が嫌だと言う前に、家に着いてしまおう。そんな考えで、自転車をぐんぐん漕いで橘田の家へ向かう。

駅から少し離れた閑静な住宅街の中ほどに、橘田の家はある。橘田は小学二年の時、その家に越してきた。高一まで、父親と二人で暮らしていたその家に、橘田は現在、一人で住んでいる。橘田の父親は昨年、大阪へ転勤となったが、橘田は転校を望まず、別の暮らしをすることになった。元々、新聞社のデスクとして多忙な毎日を送っている橘田の父親は不在がちで、それまでも一人暮らし同然だったから、橘田の生活にほとんど変化はなかった。

夕日が差し込みかけた道を行き、先に着いた高平は、慣れた様子で勝手にガレージのフェンスを引く。ガラガラと音を立てて半分ほど開けると、屋根のある車庫へ自転車を入れた。

「尚徳」

「鍵」

遅れて着いた橘田に何も言わせないように、乱暴な感じで手を差し出した。橘田は小さく息を吐き、ガレージへ自転車を入れてしまうと、ジーンズのポケットに入れていた鍵を高平に渡した。

橘田がフェンスを元に戻している間に、高平は玄関へ向かった。来慣れた家だ。鍵の開け方も、中へ入った後に置く場所も心得ている。電気を点け、靴を脱いで上がると、居間へ入って冷房をつけた。

誰もいない家は閉めきってあったせいもあり、酷《ひど》く暑い。冷房もきくまでに時間を要する。ソファに腰を下ろした高平は、テーブルの上に置かれていた団扇《うちわ》を使い、ばたばたと音を立てながら自分を煽いだ。

「暑いな」

後から入ってきた橋田に話しかけたが、返事はない。強引に入り込んだのを怒っているというより、戸惑っているのだろう。居間と続いているキッチンに入った橋田は、めんどくさそうな口調で「何もないぞ」と言った。

「ピザでも取るか？」

「金は？」

「……ない」

二人ともバイトはしておらず、使えるお金は限られている。それに高平が食べる量は半端ではなく、デリバリーのピザなど取ったら相当な金額になってしまう。二人でも払える金額ではない。

橋田は溜め息をつき、戸棚を開けた。袋買いしたインスタントラーメンを見つけ、「ラーメンでいいか？」と聞く。

「十分。俺、やろうか」

「いいよ」

高平の申し出を断り、橋田は鍋《なべ》を取り出した。ソファの背に凭《もた》れかかり、ラーメンを作り始める橋田を眺め、高平はぼんやりと考えていた。

橋田は自分が警察官になるのに反対なのだろうか。そのきっかけを知っているから、複雑な思いに駆られているだけではないか。本心では向いていると考えてくれているのではないか。その本心を引き出すためにはどう言えばいいのか。

高平は随分前から警察官になろうと決めていた。校内での成績は悪くないが、元々、ランクの高くない高校だから有名私大への進学は高平の成績では難しい。それに高平は基本的に勉強するのが好きではなかった。勉強をしているくらいなら、身体を動かしていた方がマシで、実務を伴う警察官という職業は向いていると考えた。

公務員で安定していて、身体を使う仕事…であれば、他にも選択肢はある。その中でも警察官を選んだ理由は、橘田もわかっているはずだった。病院では答えなかったし、橘田も持ち出さなかった。

三十一日が過ぎるまでは、その話はしない方がいいだろう。橘田の神経を逆撫《さかな》でするような真似は避けたい。時期が落ち着いたら、よく話してわかってもらおう。そんなことを考えていた高平は、橘田が「あつっ」と声をあげたのにはっとした。

「どうした?」

「……大丈夫だ」

そう言いながらも、橘田の顔は顰められている。高平は即座に立ち上がり、キッチンへ向かった。手を押さえている様子から、熱せられた鍋の縁で火傷をしたようだとわかる。高平は渋い表情になり、水道のレバーを上げて、橘田の手を摑《つか》んだ。

「火傷したらすぐに冷やせ」

「……」

ぐいと引き寄せた橘田の手を、流水の下へ持っていく。小指の下あたりが微かに赤くなっているが、大きな怪我ではなさそうだ。

「しばらく冷やしてろよ。俺が作るから」

「…ごめん」

申し訳なさそうに謝る橘田の手を放し、高平はガスレンジにかけられている鍋を見た。明らかに水の量が足りない。最初から自分がやればよかったと後悔しつつ、水を足す。

「お前ね。これで水が足りると思うか？　一人分じゃないんだから。それにラーメン、二つしかないのかよ？」

「上の棚に入ってる」

橘田が用意していたのは人数分通り、ラーメンが二つだった。けれど、ラーメンしか食べるものがないのだから、それで足りるはずがない。泊まるのは初めてじゃないし、一緒に食事をするのも日常的だ。自分の食べる量がわかっていないのかと、相変わらずのとぼけぶりに溜め息をつきつつ、高平はラーメンをもう二つ、取り出した。

「…俺は一人前で十分だぞ」

「俺が食うの」

腹減ってるんだ…と言いつつ、ラーメンの袋を順番に開けていく。同封されている調味料なども取り出して並べているうちに湯が沸いた。高平は慣れた調子で鍋に乾麺《かんめん》を放り込み、菜箸《さいばし》を手にする。

「部活出た後、病院行ったから……。あ、お前、さぼってんじゃねえぞ。そろそろ出てこい」

「……」

「そんなことしたって、俺には会わざるを得ないんだから…。…どうだ？」

独り言みたいに呟いた後、高平は橘田が冷やしている手を見て、調子を聞いた。橘田は無言で水道を止め、「大丈夫だ」と手を見ずに言う。その態度が気に入らなくて、高平は菜箸を持っていない左手で、火傷した橘田の手を摑んだ。

「…まだ赤いじゃんか。保冷剤みたいなの、あるだろ。タオルでくるんで冷やしておけ。あっちで」

キッチンにいられるのは邪魔だからと、高平はソファを指さす。困った顔つきで頷いた橘田は、言われた通りに冷凍庫から保冷剤を取り出して、キッチンを離れた。

橘田家のキッチンは居間と対面式になっており、ガスレンジの前に立つ高平からも、居間の様子が窺える。ソファに座り、神妙な様子で手を冷やしている橘田を確認してから、鍋の具合を見た。

火を止め、添付されているスープの素を入れる。ぐるぐると適当に攪拌《かくはん》し、高平は鍋ごとダイニングテーブルへと運んだ。

「一真、新聞敷いて」

「あ…ああ」

橋田が中央に載せた朝刊の上に鍋を置く。キッチンへ戻り、お椀《わん》二つと箸を二膳《ぜん》持ってくる。食べようぜ…という高平の言葉に頷き、橋田は保冷剤を脇へ置き、箸を取った。

橋田にとっては見慣れたものだが、高平の食欲はすさまじい。橋田がお椀一杯を食べる間に、三杯は食べている。二杯目を取った橋田が「俺はもういい」と言うのを聞いて、高平は鍋を自分の方へ引き寄せた。

「…やっぱ、これくらいの量食わないと、食った気がしないよな。お袋なんか、インスタントラーメンは塩分が高いだのどうの言って、一人分しか食わせてくれないんだ」

「だと思うよ」

呆れた調子で母親の肩を持つ橋田を、高平は目を眇《すが》めて見る。こういう「いい子」なところも、母親が真っ先に橋田に電話をした理由なのだろう。ラーメンをずずっと音を立ててすすり、口いっぱいのそれを満足げに頬張《ほおば》っていると、橋田がぽつりと言った。

「…おばさん、心配してたぞ」

「……俺はお袋の考えてることはわからないよ。俺の頭じゃ、どうでもいいような大学しか入れないの、わかってるだろうに。金を捨てるようなもんじゃんか。だったら、最初から進学なんかせずに、別の道を行った方がいいんだって」

「そうじゃなくて。…いや、進学もして欲しいみたいだったけど、それよりも、…危険な職業だってわかってるから、心配してるんだ」

「………」

その言い方で、橘田と母親が「きっかけ」について話し合ったのだとわかった。自分が警察官になるのを決めたきっかけ。高平は眉間に皺を浮かべて、鍋の中へ箸を突っ込んで残っている麺をかき集める。

今、言うのはまずいと思っていたけど、話すしかないのか。俺はお前を心配してるのに。お前が心配する気持ちよりも、俺がお前を心配する気持ちの方がずっと大きい。そんなことを胸の中で橘田に向かって言いながら、高平は口を開く。

「…危険だとしても、俺は上村さんが亡くなったと知った時に決めたんだ。警官になろうって」

「尚徳…」

「上村さんみたいに立派に勤められるかどうかはわからないけど、俺が精一杯やれば、きっと上村さんは喜んでくれると思う」

あの火事の時。最初に助けに来てくれた警察官の上村巡査は煙を吸い込み、一酸化炭素中毒で意識不明となって病院へ運ばれた。その一週間後、彼が命を落としたのを、同じく重体で搬送された高平は、容態が安定した一ヶ月余り後に知らされた。

上村は恐怖に竦んで動けなくなっていた橘田を部屋の外へ連れ出した後、高平が出てきていないのに気づき、炎の海となっていた部屋の中へ戻った。子供を捜していた高平が熱傷を負って消防隊員に救助された後、上村も廊下で倒れているのを発見された。

自分を捜しに来なければ上村は亡くならなかったのに。職務への責任感と勇気さえも憎むほど、高平は後悔した。同じような後悔は橘田にもあって、高平の気持ちは痛いほどわかった。だから、警察官になるという高平の思いは理解できたのだが、同時に、高平の母親の気持ちも無下にできなかった。

「…でも…だからこそ、おばさんは心配するんだと思う…」

困った顔で言う橘田を見て、高平は苦笑する。のびるぞ。橘田がお椀に残している麵を指して言うと、箸で手繰り寄せた麵をすすった。

「…お袋はさ。心配しすぎなんだよ。そりゃ、警官ってのはリスクが高い職業かもしれないけど、何事もなく勤め上げる人の方がずっと多いんだってよ。それにどんな仕事だって、同じような…とは言えないけど、リスクはあるじゃんか」

昨夜、母親と進路についての話になったのは偶然だった。三年だというのに、毎日部活部活で勉強している様子のない息子を心配し、知り合いから聞きつけた無料の夏期講習に行ってみないかと持ちかけられたのだ。

それに何気ない口調で、自分は進学しないからと返したのがまずかった。じゃ、どうするの。問い詰められ、めんどくさくなって警察官になるつもりだと言ってしまった。さっと顔色を変えた母親を見て、時期が悪かったと気づいたが遅く。遠回しに…決して、あの火事については触れないようにしながら、大学には行くべきだと諭してくる母親と、長い間、言い合いすることになった。

今夜も堂々巡りの話をするつもりで待ち構えているに違いない。昨夜はたまたま、父親が出張で不在だったから一対一だったけれど、今夜は帰ってくるはずなので、二対一になる可能性が濃厚だ。そんな家になんて帰りたくないし、それに…。

鍋から目を上げれば、神妙な表情で固まったままの橘田がいる。高平は内心だけで溜め息をつき、「いらないのか?」と聞いた。

「…え?」

「ラーメン」

橘田が小さく息を吐き、頷くのを見て、高平はひょいと長い腕を伸ばして彼のお椀を取り上げた。鍋の中に大量にあった麺はすっかり食べつくしてしまった。どうせ食べないだろうと決めつけ、橘田が残した麺も一息で吸い込む。

「…ごちそうさん。あー…腹一杯になった」

「…お茶、飲むか?」

ああ…と高平が頷くと、橘田は立ち上がって冷蔵庫へ近づいた。中から麦茶の入ったガラスポットを取り出し、グラスと一緒に持ってくる。電話しとけよ。ぼそりと言う橘田に、高平は無言で頷いた。

いつもは橘田の家に泊まると言えば、「そう」とくらいしか返さない母親が、いつになく食い下がったのはやはり手ぐすねを引いて待っていたからに違いない。強引に通話を切った高平は、橘田家のコードレスフォンを苦々しげに見つめてから、充電器へと戻した。

泊まるですって？　何言ってるの。今日は帰ってらっしゃい。…とにかく、明日は帰ってくるのよ。いい？　電話の向こうでは母親の剣幕に、弟が肩を竦めていただろう。高平が橘田の家に泊まると、何日か帰らないのが常で、高平家の人間はそれに慣れていた。

昨年、橘田が一人暮らしになってからはなおさらで、逆に一人なのを心配して泊まりに行けと言われるほどだった。まだ高校生だというのに、複雑な過去を持つ二人が、ここまで苦い別れを経験せずに今も仲良くやっているのを、両方の親が好ましく考えていた。

「尚徳、着替え、置いておいたぞ」

「サンキュ」

橘田が心配するのを見越して、風呂に入るのを見計らって電話をかけた。浴室から出てきた橘田に「電話したか？」と聞かれ、適当に頷く。

「…なあ。こいつがどうしても倒せないんだけど」

代わりに倒してくれと、ゲームのコントローラーを差し出してくる高平を、橘田は渋い顔で見る。高平本人は体格がよく、剣道の大会でも優秀な成績を収めているくせに、格闘もののゲームがからきし下手だった。

対して、橘田は何をやらせてもそつなくこなす。ゲームもその一つで、ソファの隣に座った橘田が、さくさくと難敵を倒すのを見て、高平は「おお」と感嘆する。

「やっぱ、お前はうまいね」

「……はい。俺、先に寝るから」

一区切りつくところまで進めてから、橘田は高平にコントローラーを戻した。高平はテレビ画面を見たまま、「ん」と返事をする。橘田の視線は感じていたが、彼の方は見ないようにしていた。

ソファを離れ、居間から廊下へ出るドアの前で橘田が立ち止まる。「尚徳」と呼びかけてくる声にも、ゲームに夢中な振りをして反応を示さなかった。

「和室に布団があるから。そこで寝ろよ」

「……」

暗に自分の部屋へは来るなと言ってる橘田に、高平は返事をしない。そんな彼に橘田は重ねて何か言おうとしたが、諦《あきら》めて居間を出ていった。

「……バカか」

一人になると高平は顔を顰めて、橘田が聞いたら怒りそうな台詞を呟く。なんのために自分が来ているのかわかっているくせに。往生際が悪いというのは、ああいうのを言うんだ。鼻先から息を吐き出すと、コントローラーを投げて、テレビのスウィッチを切った。居間を出ると、廊下の向かいにある和室の襖《ふすま》を開ける。橘田が用意していった敷き布団とタオルケット、枕《まくら》をいっぺんに抱え、二階への階段を上った。

どすどすという高平の足音は橘田にも当然聞こえる。階段を上がってすぐのところにある自室で、橘田はドアを開けられないように内側からノブを押さえていた。

「下で寝ろって言っただろ！」

「離せよ。蹴破《けやぶ》るぞ」

「……」

高平が本当にしかねない人間だというのは、橘田はよくわかっている。短気とか怒りっぽいというわけではないのだが、目的のためには手段を選ばない潔さがあった。橘田は大きく息を吐き、ドアから手を離す。

布団を抱えて橘田の部屋に入った高平は、窓際に置かれたベッドの横へ、敷き布団を広げた。六畳の洋室はベッド以外に机と本棚があり、布団を敷くと足の踏み場もなくなってしまう。

「…俺は風呂入ってくるから。退《ど》かすなよ」

低い声で脅すように言って、高平は部屋を出た。どたばたと音を立てて一階へ下り、浴室へ向かう。橘田が使った後だから、洗い場には湿り気が残っている。手早くシャワーを浴びてしまうと、着替えと一緒に出してあったバスタオルを摑み、ざっと拭《ふ》いてから洗い場を出る。

脱衣場の鏡に映っている自分が目に入り、高平は微かに眉根を寄せる。鼻先から乱暴に息を吐き、先にTシャツを着た。しょっちゅう泊まりに来ているので、橘田の家には高平の着替えが何枚も置いてある。ハーフパンツを穿《は》き、短い髪をタオルでごしごしこすりながら、浴室を出た。

玄関の施錠を確認し、一階の電気をすべて消してから二階へ上がる。橘田はもう寝ただろうか。眠ってはいないけれど、寝た振りはしているだろう。部屋のドアをそっと開けると、真っ暗だった。中へ入ってドアを閉め、暗闇《くらやみ》に慣れた目で橘田のベッドを見れば、薄い掛け布団にくるまった背中がある。

橘田がちゃんと眠ってくれさえすれば。ただ、朝が来るだけだ。でも、それはありえないと、病院で橘田を見た時からわかっていた。目の下に浮かぶ黒いくまは橘田の調子が悪いのを教えていた。

高平は布団に寝転び、タオルケットを腹のあたりにかけて、目を閉じた。冷房がきいていても、寒いと思ったことなどない。特に橘田は設定温度を低くしたりしないので、高平には物足りないくらいだった。

いろんなことが頭に浮かび、眠れそうになかったけれど、健康な高平はいつしか眠りについていた。どうかこのまま。静かな暗い部屋で橘田と布団を並べて眠るたびに、そんな思いをいつも抱く。望んだことはない。

たぶん。

橘田がうなされている声にはっとして、高平は目を覚ました。苦しげな呻《うめ》きと、荒い息遣いをしかと耳にし、やっぱりと嘆息する。橘田が悪夢に悩まされ、眠れないでいるのを知ったのは、同じ高校への入学が決まった頃だった。

その前からそうだったのかもしれないけれど、中一の夏に重度熱傷を負った高平は、自身の治療中心の生活になってしまい、橋田の様子に注意を払えなかった。それに橋田自身が高平の前では気丈に振る舞っていたせいもある。

過去の事故の影響で、父親と高平の二人としか口がきけなかった橋田は、火事の後、変わった。高平が怪我を負った代わりとでもいうように、誰とでも会話するようになった。一足飛びの変化ではなかったが、誰もが「あら」と思う程度に、橋田は少しずつ話せるようになっていったのだ。

橋田の変化を最初に高平に教えたのは、彼の母親だった。ＩＣＵで治療を受けていた高平のもとへ見舞いに来た際、驚いたように言った。一真くんが話してくれたのよ。自分が悪いって何度も謝るのね。でも、一真くんのせいじゃないし、お母さん、一真くんが話してくれたってだけで嬉《うれ》しくて。悪いことばっかじゃないなって思ったわ。

それまで長い間、カウンセラーによる治療を受けても、何をしても話せなかった橋田が、火事をきっかけに話せるようになったのは、高平にも喜ばしいことだった。ただ、橋田が無理をしているのではないかという心配はあった。両親に対し、何度も謝ったという橋田は、自分に対する大きな後悔を抱えているに違いない。

一般病室に移り、橋田にも会えるようになると、高平は真っ先に聞いた。無理してないか？　俯《うつぶ》せのまま、ベッドの上から尋ねる高平に、橋田は迷いなく首を横に振った。毅然《きぜん》とした態度には余計な気遣いを拒絶しているような雰囲気もあり、心配になったが、橘田自身の思いもある。敢えて、深くは言わないようにして橘田の頑張りを見守ることにした。

高平にあんな怪我をさせてしまった原因は自分なのだから、せめて自分はしっかりしなくてはいけない。橘田にはそういう思いがあったのだろう。火事から一年が経つ頃には、誰が何を尋ねてもすぐに明確な答えを返せるようになっていた。

しかし、それは高平が心配したように、橘田が無理を重ねた上での結果だった。強引に心を開き、声を絞り出し、心の底で自分を責めることで、拒絶してきた他者との会話を成立させていた橘田には、外見からは想像できないほどのストレスがかかっていた。手術と入院を繰り返していた高平は、正確に橘田の状況を把握できないでいたが、病状が落ち着き、病院を離れて学校生活の方へ比重を戻せるようになってくると、橘田の異変が目につき始めた。

学校の中…特に高平の前ではごく普通に振る舞っているけれど、橘田の顔はいつも疲れていた。眠れていないんじゃないか。目の下のくまを見て、そう尋ねる高平に、橘田は首を振るばかりだった。

受験が終わり、合格発表があったその夜。高平は橘田の家に泊まることになった。それまで怪我のことで神経質になり、高平の行動を制限してきた両親も、高校進学が決まりほっとして許可を出した。それに相手は橘田だ。すべての事情を知り、分かち合ってきた橘田は高平の両親にとっても特別な存在だった。

橘田の父親はその日も不在で、二人きりで合格を祝えるのが高平は嬉しかった。ご褒美に寿司を取って、ゲームをして、夜更かしして過ごす。誰にも注意されないし、文句も言われない。橋田が嬉しそうに見えないのは、そういう環境に彼が慣れているからだと思っていた。けれど、実際、橋田は高平と一緒に眠るのを怖がっていたのだ。高平が橋田の部屋で一緒に寝たいと言ったのは、ただ、眠る直前まで話をしていたかったからだ。春休みにどっか行かないか。高校に入ったら何部に入る？　残念ながら中学生活を満喫できなかった高平には、高校へ入ってからの希望がたくさんあった。

自分の身体も回復してきているし、橋田も日常生活に困るようなことはなくなった。きっと、高校では楽しく過ごせる。

あの事故の前みたいに。

「……………」

タオルケットをはねのけ、高平は布団の上に起き上がった。すぐ隣のベッドでは、自分の方へ背を向けた橋田が、海老《えび》のように丸まって呻き声をあげている。ふうと深い息を一つつくと、ベッドの端に手をかけて、背を向けている橋田に寄り添うようにして覆い被《かぶ》さった。

重みは感じているのだろうが、橋田は目を覚まさない。覗き込んだ額にはびっしり、玉のような汗が浮かんでいる。自分の下にある掛け布団を退けると、橋田が着ているパジャマがしっとりと汗ばんでいるのがわかった。

あの夜…合格発表のあった日の夜。高平は橋田が夢にうなされ、満足に眠れないでいるのを初めて知った。高平が眠る直前まで、橋田は他の部屋へ行くよう勧めていた。あまりにしつこいので、高平の方もむきになり、最後の方は返事をしてやらなかった。そのまま、高平はいつしか眠り込んでしまったのだが、妙な物音で夜中に目を覚ました。

橘田が低い呻き声をあげながら、汗だくで丸くなっていた。驚いた高平は橘田をすぐに起こした。目を開けた橘田の焦点は合っておらず、心ここにあらずといった彼から、悪い夢を見るのだと告白された。橘田がいつも疲れた様子なのも、黒いくまを浮かべているのも、すべてそのせいだった。

眠れないほどの悪夢は明らかに火事と、その後、重ねた無理のせいだと思われた。高平は自分を心配させるばかりで、橘田を気遣えないでいたのを反省し、彼が夢を見なくなるにはどうしたらいいか、考えた。けれど、妙案は浮かばず、高校生活が始まり、橘田を心配する高平が彼の家に泊まる回数が増えていった。

一緒に眠り、橘田がうなされると起こしてやり、大丈夫だと言い聞かせて、手を繋いで眠る。橘田は高平が泊まるたびにうなされるわけではなくて、朝まで何事もなく眠れる日もあった。その違いは何か。始終一緒にいて、すべての事情を知る高平は次第にわかり始めた。

何かしら過度なストレスを受けたり、疲れたりすると、橘田は決まって悪夢を見るようだった。それが過去の事件に関係するストレスだとなおさらだ。ならば…と高平が恐れたのは、火事のあった七月三十一日だ。高平の予想は当たり、七月後半にかかってくると、橘田は目に見えて調子を崩した。夏休みに入り、高平は連日橘田の家に泊まり込んで、彼が眠れるようにしようと努力したが、月末に近づくにつれ、うなされ方が酷くなっていった。

「……一真…」

低い声で呼びかけ、高平は枕元に置かれていたタオルで橘田の額を拭ってやる。汗を流しているのに、橘田の肌は酷く冷たい。日陰に置かれた石のような冷え冷えとした頰に触れ、肩へと手を伸ばす。背を向けて丸まっている橘田を仰向《あおむ》けにさせると、緩く開いた唇にそっと口づけた。

触れるだけの口づけでは、橘田の目は覚めない。荒い呼吸を繰り返す、苦しげな顔を見下ろし、高平は眉をひそめる。橘田は望んでいないのに。彼のためだという大義名分を掲げて、自分自身の欲望をぶつけているだけだ。

何度も何度も繰り返している、自分への責め苦を心の内で呟き、もう一度キスをする。さっきよりも深く長い口づけに、橘田が目を覚ます。

「……っ……ん……」

自分を追いやろうとする橘田の動きに気づき、高平は唇を離した。覗き込んだ橘田の瞳《ひとみ》は眇められており、嫌そうに眉をひそめている。

「…よせ……」

「何も…考えるな。悪いのは俺なんだから…」

「尚徳…」

「悪いのは……全部、俺だ」

言い聞かせるように告げる高平の声を聞き、橘田は顔を歪《ゆが》めて、目を閉じる。そんな彼を見て、高平は苦々しく笑った。こうすることも橘田の苦しみを増やしているのかもしれない。そんな考えが頭を過ぎっても、目の前の悪夢からは解放してやれるのだからという言い訳が不安を覆いつくした。

「っ……ん……」

口づけを重ねていくうちに、冷たかった橘田の肌が次第に温かみを取り戻してくる。互いの身体しか知らない二人が育《はぐく》んだ行為は、若さゆえの熱情が溢《あふ》れた、直情的なものだった。すぐに昂《たかぶ》り、繋がって、果てる。言葉も何もない。肉体と欲望が混ざっただけの、本能に基づいた単純な行為だ。

手を繋いでも眠れず、抱きしめるようになった。怖がる子供を宥《なだ》めるように。橘田の身体を抱きしめ、大丈夫だと何度も繰り返した。先に欲望を抱いたのは高平だった。震える橘田を抱きしめながら、自分の本心を覗き込んだ時、そこにあった暗い塊に恐怖を覚えて逃げ出したくなった。

けれど、逃げられるものならば、とうの昔に逃げている。懸命に自分を抑え込んで立ち向かったけれど、若さゆえに勝てなかった。そして、深い後悔を生むはずだった行為は、思いがけない結果をもたらした。

高平と繋がった後の橘田は、それまで見たどの時よりも深い眠りについていた。橘田自身もそれは認めた。久しぶりに夢の欠片《かけら》も見ずに熟睡できた。呟くように告白した橘田に、高平は救われる思いがした。

それに、いざしてみれば呆気《あっけ》ない行為であり、二人の日常に変化はなかった。背徳感はもちろんあった。だが、自分に対する大きな言い訳を手に入れた高平は、橘田が激しく抵抗しないのを了承と捉え、行為を続けた。

節度は守った。自分なりのルールも作った。橘田が眠れずに苦しんでいるような気配を感じたら。橘田にさらなるストレスを与えたりしないよう、悪いのは自分だ、自分が勝手に求めているだけなのだからと、高平は繰り返した。

「……っ……ふ……っ……ん…」

「…苦しいか？」

「……」

背後から覆い被さった高平は、橘田がぎこちなく首を振るのを見て、白い背中に口づける。項《うなじ》から肩胛骨《けんこうこつ》へ。たどたどしいキスをいくつか残して、後ろに含ませていた指を抜いた。

橘田が大きく息を吐き出す音を聞きながら、自分のハーフパンツを下ろした。とうに硬くなっているものは、先端から液を漏らしている。下着も濡《ぬ》れてしまっているだろう。微かに眉をひそめ、橘田の腰を抱える。

「っ…」

柔らかくほぐした孔《あな》に、高平が硬いものをあてがうと、橘田は息を飲んだ。緊張に強《こわ》ばる橘田の身体を撫で、高平は自分自身を奥へと進める。橘田はいつも苦痛を訴えたりしない。ひたすら耐え忍び、高平を受け入れた。

その代わり、橘田は嬌声《きょうせい》もあげなかった。彼の口から漏れるのは、密やかな息遣いだけで、橘田が感じているのかどうかはわからない。ただ、いつも達しているのは確かなので、それが証拠だと思うようにしていた。

「…ふ……っ……………は…あっ…」

高平が最奥まで挿入し、背中から抱きしめると、橘田は大きく息を吐き出す。せつなげなその響きを聞き、高平は小さな声で「ごめんな」と謝った。自分自身を含んだ橘田の内部がぎゅっと収縮するのを感じ、高平は腰を動かし始める。

「っ…ん…っ……」

激しくなっていく高平の動きを、橘田は従順に受け止める。それが悔しいとでもいうかのように、高平は橘田の中へ欲望を打ち込み続けた。

はたはたと白いカーテンがはためいている。窓から入り込んでくる風が今日は朝から強い。台風でも近くにいるのだろうか。ベッドに凭れかかり、ぼんやり揺れるカーテンを見ていた高平は、背後で橘田が寝返りを打つ気配を感じ、振り返った。

俯せになった橘田の顔は見えない。起きているのかどうかはわからず、壁にかかっている時計へ視線を移す。時刻は昼を過ぎ、もうすぐ一時だ。いい加減腹が減った。昨夜のインスタントラーメン以来、何も食べていない。冷蔵庫を覗いてみたが、飲み物や調味料以外には

何も入っていなかった。

一人で買い物に出てもいいのだが、ぐっすり眠っているとはいえ、橘田を残していくのは心配だった。橘田が自ら目を覚ますまでは、起こすつもりはない。夕方までには起きるだろう。呑気《のんき》に考え、空腹を紛らわすためにも、自分も眠ってしまおうと思い、フローリングの上へ寝転んだ。

大の字になって目を閉じ、うーんと伸びをする。橘田の部屋は東西に窓があるので、爽《さわ》やかに風が抜けていく。気持ちいいなあ…と思って瞼《まぶた》を開けると、すぐ脇のベッドから橘田が顔を覗かせていて驚いた。

「っ…びっくりした…。起きてたのか?」

「…何してんだ?」

「昼寝でもしようかと思って」

腹が減ったとは口にせず、寝転んだまま答える高平に対し、橘田は微かに眉をひそめた。ベッドに肘を突いて上半身を起こし、壁の時計を見る。

「……こんな時間か…」

「なんか、食うもの買ってくる。何がいい?」

なんでも…という橘田の返事を聞き、高平は「よっ」と声をかけて起き上がった。そのまま橘田の部屋を出ると、階段を下り、玄関のドアを開ける。昨日まで毎日照りつけていた太陽が雲に隠れているせいで、さほど暑くは感じられなかった。

ガレージから自転車を出し、近くのスーパーへ向かう。太陽を隠している雲が動いているのが目に見えてわかる。風が強いはずだ。スーパーへ着くと、昼を過ぎたこともあり、弁当が値引きされていた。それを三つ買い、他にもいろいろと食料を買い込んで、橘田の家へと戻った。

高平が買い物に出た後、橘田は風呂に入ったらしく、玄関にも石鹼《せっけん》の匂《にお》いがした。居間へ入ると、首にタオルをかけた橘田が、お茶を飲んでいた。

「安くなってたから弁当、買ってきた」

「エアコン、つけるか?」

「いや。今日、結構涼しいよ」

窓を開けているだけで十分だと言い、高平は弁当をダイニングテーブルの上へ置き、他の食材を冷蔵庫へ入れる。

「お前、何食って生きてたんだよ。何もないじゃんか。この家」

「…昨日、買い物に行こうと思ってたんだ」

「晩飯はやきそばな。俺が作るから」

「……」

有無を言わせない口調で言いきり、高平は冷蔵庫のドアを閉める。腹が減ったから早く食おうぜと橘田に声をかけ、椅子を引いて座った。橘田は諦めたような顔つきでガラスポットとグラスを二つ、キッチンから持ってきた。

「部活はいいのか？」

「お前こそ。夏休みまではやるって言ってたじゃんか」

三年生は受験のため、夏休み前で部活を引退する者の方が多い。剣道部でも三年で残ったのは半分程度で、夏休みというせいもあって出席率はよくない。部長だった高平も夏休み前にその座を二年に譲っていた。

「休みに入ってから皆勤なの、俺だけでさ。吉村《よしむら》たちも実のところ、煙たがってると思うんだよ。だから、さぼるくらいでちょうどいいんだ」

「あいつらがお前を煙たがるわけがないだろう」

高平が言い訳に挙げた内容に、橘田は苦笑しながらグラスにお茶を注《つ》ぐ。すでに食べ始めていた高平は、箸を止め、礼を言ってお茶を飲んだ。弁当の蓋《ふた》を開ける橘田をちらりと見てから、グラスを置く。

昨日、病院で見た時は酷い顔だと思ったけれど、昼過ぎまでぐっすりと熟睡した橘田の顔は晴れやかなものだ。目の下のくまも消えている。日に焼けない体質のせいで、青白く見えがちな顔にも、生気が溢れていた。

高平に抱かれた後、いつも橘田はぐっすりと眠り込む。内側に溜まりきった何かを吐き出し、すっきりとしたというように、その眠りは深い。だからこそ、目覚めた後の橘田は生まれ変わったみたいに、別人のような顔になる。

高平が一つ目の弁当を食べ終え、二つ目に手を伸ばした時だ。橘田がぼそりと言った。

「明日は……行くんだろう?」

「……」

弁当の蓋を手にしたまま、高平は前を見る。橘田は視線を弁当に落としたままで、高平を見てはいなかった。ああ…と低い声で返事し、答えがわかっていながらも、尋ね返す。

「お前は?」

橘田は無言で首を横に振る。高平は何も言わず、二つ目の弁当を食べ始めた。明日は三十一日だ。高平にとっても橘田にとっても特別な日であるその日に、高平は毎年、亡くなった上村の墓に参っている。

上村は事件後、意識不明のまま、一週間後に亡くなった。だから、命日というのとは少し違うが、彼の意識が確かにあったのは三十一日までだ。事件の翌年、高平は手術のため入院していたが、病院を抜け出しても墓参りに訪れた。事件当日の墓参は今年で五回目を数える。

時任とその患者であった女性を殺害し、部屋に火を放った犯人はまだ捕まっていない。煙に巻かれた上村も亡くなり、事件の被害者は三名に及んだ。警察は特別捜査本部を設置し、総力を挙げて犯人を追ったが、それらしき容疑者も挙がらず、今日に至っている。

当時、同じ部屋にいた橘田が犯行現場を目撃したのではないかと期待されたが、彼は事件前後の記憶をすべて失っていた。怪我一つなく助け出されたものの、橘田が心に受けた傷は大きく…それは高平が重傷を負ったせいが大きかった…警察が彼に事情聴取を求め、順序立てて話を聞いた時に、ところどころしか記憶が残っていないのがわかった。

高平とマンションのエントランスで別れ、一人で時任の部屋を訪ねた。その際、時任は一人だった。いつも通り、奥の部屋で話を始め、しばらく経った頃、チャイムが鳴った。時任にしばらく待つよう言われ、部屋で本を読んでいた。

そこから橘田の記憶は高平が助けに来たところまで飛ぶ。クローゼットの中にいたら、高平が助けに来た。部屋の外へ出ると燃えていて、警察官がいて、彼と一緒に廊下へ出た。高平がいないのに気づいた警察官に、探してくるので待つように言われた。まもなくして、消防隊員がやってきて、一階へと連れていかれた。

高平と警察官の上村が意識不明で担架に乗せられ、運び出されてきたのを見た時、頭が真っ白になり、一瞬ですべてが飛んでしまったと橘田は説明した。橘田は高平と室内で交わした会話も忘れていた。高平は橘田をクローゼット内で見つけた際、「子供がいるはずだ」と聞いたが、彼はそう言ったことも、どうして子供がいると知っていたのかも、忘れてしまっていた。

元々、精神的な問題を抱え、時任のカウンセリングを受けていた橘田だ。記憶を失うのも無理はない、大きな事件だった。警察は時間をかけ、橘田への事情聴取を繰り返し、彼自身の希望もあって、精神科医の助けを受けたりもしたが、記憶が戻ることはなかった。

橘田が事件で受けたショックや、その後の償いに似た努力によるストレスは相当のものだった。橘田は今まで、一度も事件関係者の墓に参っていない。高平も橘田にとって辛い行為であるのはわかっていたから、彼を誘うことはしなかった。

高平が二つの弁当を平らげてしまっても、橘田はまだ一つ目の弁当を食べていた。食べるのが早すぎると呆れる橘田に、腹が減っていたからだと言い訳し、ソファでごろりと横になる。リモコンを手にした高平がテレビをつけると、ダイニングテーブルの方から唐突な声が聞こえてきた。

「…カウンセリングを受けようと思ってる」

「……」

満腹になった腹を抱え、だらけた気分でテレビを見ようとしていた高平は驚き、橘田を見た。橘田は高平を見ておらず、箸でご飯を口へと運んでいる。

「カウンセリング？」

テレビを消し、高平は橘田に向けて確認するように繰り返した。橘田は口の中へ入れたご飯を咀嚼《そしやく》してから、「ああ」と返事する。

「精神科では結局、薬を処方されるだけだし…。どの薬も合わないから、意味がないだろう。父に相談したら、知り合いにPTSDに悩む被害者の治療を積極的に行っているカウンセラーがいるらしい。有楽町にクリニックを開業しているというから、来週にでも訪ねてみようと思ってる」

「………」

悪夢に悩まされる橘田が自ら精神科を受診したのは、昨年の春だった。高平がそれを知ったのは、処方された薬を服用した橘田が酷い副作用で倒れたからだった。悪夢を見てうなされる。夢の内容はよく覚えていない。本人にとっては深刻な悩みだが、受診した精神科医にとっては扱いかねる患者だったようで、ならば深く眠れるようにと睡眠導入剤を処方された。

しかし、橋田には合わず、眠れるどころか、酷い頭痛を引き起こしただけだった。医師にそう訴えると、別の薬を処方されたが、それも同じだった。三度、同じことを繰り返し、橋田は諦めた。

「……カウンセラーって…」

昨年、橋田が投薬治療を頼ったのは、カウンセリングというものに苦い思い出があるからなのは、高平もわかっていた。それにかつてのことを思い出しても、カウンセラーによる心理療法が効果をもたらすとは、高平にはあまり思えなかった。

戸惑った顔つきでどう言おうか悩む高平の方を見ないまま、橋田は自分に言い聞かせるような感じで続ける。

「時間が経てば治るものだとは思えない。効きそうになくても、一つずつ、当たっていくしかないだろう」

「……」

カウンセリングに懐疑的な思いを抱いているのを見透かされたような気がして、高平は何も言えなかった。それに…橋田が受診する前に告白したのは、自分を牽制《けんせい》しているのかもしれないとも思えた。

牽制…というよりも、暗に拒絶しているのかもしれない。昨夜のような行為を、橋田は諾々《だくだく》と従いながらも、心底では受け入れていないのを感じていた。眠れない日々が続き、苦しんでいるようだったら、橘田の中に溜まった澱《おり》のようなものを洗い流してやり、リセットしてやる。やつれた雰囲気が消えた橘田を見ながら、それでいいじゃないかと言いそうになったが、高平は言葉を飲み込んだ。

　橘田には橘田の考えがあるし、今のようなやり方が効かなくなる日だって来るかもしれない。弁当を食べ終え、空になったパックを片づける橘田を見てから、再びテレビをつけた。午後のワイドショウ。生放送のはずのそれが、作り物のように感じられた。


　夏休み明け、高平は高校の担任に自分の進路を告げた。それまで一応、大学進学を希望しているとしてあったので、担任教師は驚いたが反対はしなかった。高平には警察官としての素質が十分にあったし、誰から見ても本人の意志さえあれば立派に勤めるであろうという、安心感があった。

　両親は表面的には反対の態度を取り続けていたが、仕方ないと諦めつつあるのは、高平にも伝わっていた。心配ばかりかけて申し訳ないと思いながらも、だからといって、道を曲げるつもりはまったくなかった。

　秋になり、高平は警視庁の警察官適性試験を受験した。背中から左肩にかけて広範囲なケロイド状の傷痕があるものの、日常生活にはなんら不自由はない。剣道では有段者であり、都大会でも上位成績を残している。当然のように試験に合格し、春から一年間、警察学校において教育を受けることとなった。

橘田は国立大学への進学を目指しており、高平が進路を決めた後も受験勉強を続けていた。橘田の調子は相変わらずで、いい時もあれば悪い時もある。治療を始めていた心理療法が効いているとは、やはり思えなかった。高平はその様子を側で観察しながら、橘田との関係を続けていた。

そして、新年一月。センター試験が終わり、願書提出も済んだ頃、高平は思いがけない話を耳にした。

高平が通う高校では、三年生は三学期初めの卒業試験さえ終われば、卒業式まで自由登校となっている。受験のある者は勉強に勤《いそ》しみ、すでに進路が決まった者は自由時間を謳歌《おうか》する。高平は自由の身の上だったが、卒業旅行だと浮かれるタイプでもないし、一番身近な橘田が受験本番を控えていたから、気が抜けなかった。

時間つぶしに毎日、引退した剣道部に顔を出し、後輩たちに紛れて竹刀を振っていた。そんな高平に橘田は京都の大学へ行くのかと聞いてきたのは、剣道部の顧問だった。

「京都…？　なんですか、それ」

「いや、橘田の担任が話してたんだよ。うちから現役で初めて、東大合格者が出そうだって期待してたのに、本人がどうしてもって、京大に願書を出したって」

「……」

寝耳に水の話だった。高平は剣道着のまま武道場を飛び出し、自転車に跨って橋田の家へ向かった。京都なんて。橋田は東京の大学へ進学するのだと、思い込んでいた。猛スピードで自転車を漕ぎ、橋田の家に着くと門の前に乗り捨てて、玄関へ向かう。鍵がかかっていたので、ドアを何度も叩《たた》いた。

「一真！　一真！」

大声で名前を呼んでいると、内側からロックが外される。橋田がドアを開ける前に、高平はノブを引いて中へと入った。

「ひ…さのり…。どうしたんだ？」

剣道着の高平を見た橋田は、驚きに目を丸くした。一体、何事が起きたのかと、怪訝《けげん》そうな表情になる橋田に、高平は低い声で確認する。

「…京都へ…行くつもりなのか？」

「……」

橋田の顔がすっと強ばるのを見て、高平はそれが本当なのだと知った。橋田とは毎日のように会っている。長い時間を一緒に過ごしている。けれど、橋田はそんなこと、一言だって言わなかった。

「どうして……。そんなこと、全然言ってなかったじゃないか…」

「…いつ言おうか、考えてたんだ。それで…言いそびれて…。ごめん。やっぱり父は向こうにいるし、俺も向こうに行った方がいいかと思って」

「おじさんは大阪じゃないか」

「……阪大よりも…京大の方が…俺には合いそうだと、判断したんだ」

「……」

言い訳だ。高平の心にはそんな言葉が浮かんでいた。確かに橘田の父親は大阪へ転勤になり、向こうで一人暮らしをしている。けれど、父一人子一人とはいえ、橘田家の親子関係は昔から希薄なものだ。今になって橘田が父親のもとで暮らしたいと思うとは、到底、考えられなかった。

はっきりわかるような嘘をつかれるくらいなら、ずばりと言われた方がいい。高平は眉間に深い皺を刻み、橘田をまっすぐ見据える。

「…俺はお前にとって…負担か？」

「……」

橘田のためを思い、彼を助けようとして側に居続けてきたけれど、そういう自分が橘田の負担になっているのではないかという考えを、高平はできるだけ浮かべないようにしていた。そんなことを考えてしまったら、自分のすべてが崩れる気がした。

低い声で尋ねる高平を、橘田は寂しげな目で見返す。しばらく沈黙が流れ、橘田が小さな息を吐いてから口を開いた。

「負担なのは俺の方だろう」

「違う」

「尚徳が俺を心配してくれる意味はわかる。でも…もういいんだ。これ以上、尚徳をつき合わせるわけにはいかない」

「何言ってるんだ。俺は……」

「尚徳のせいじゃなかった。俺が悪かったんだから。尚徳が俺に対して、責任を感じる必要はどこにもないんだ」

「一真！」

声を強めて名前を呼ぶと、橘田は険しい表情で押し黙った。苦しげにも見える顔を前にして、高平は言葉を探す。どう言えばいいのか、自分が何を言いたいのかわからなくて、惑う高平の前で、橘田は一度目を閉じて、深く息を吸い込んだ。決心がついたような顔を上げ、高平をまっすぐに見据える。

「…あの時、母が事故に遭ったのは、お前が俺を呼んだせいじゃない。俺が飛び出したからだ。お前のせいじゃないんだ」

低い声ではっきりと告げる橘田を、高平は強ばった顔で見つめる。あの時のことを橘田がはっきりと口に出して言うのは、初めてだった。

あの時…小学校四年生の五月。橘田は交通事故で母を亡くした。橘田と高平の目の前で起きたその事故は、母親が橘田を庇《かば》って起きたもので、その原因は自分にあると高平は考えていた。学校から帰り、友達の家へ行く途中、反対側の歩道を歩いている橘田と母親を見つけた。二年生の時に引っ越してきた橘田とはずっと同じクラスで、親しい友達だったから何気なく声をかけた。

一真！　そんな呼びかけに橘田は嬉しそうな表情を浮かべ、高平の方だけを見て道路に出た。トラックが走ってきているのに二人とも気づいておらず、母親が咄嗟《とっさ》に橘田を押して庇い、代わりに自分が撥《は》ねられてしまった。

俺が名前を呼ばなければ。橘田は飛び出すこともなく、母親が代わって死ぬこともなかっただろう。高平は事故の後、そんな後悔を両親に訴え、橘田やその父にも泣いて詫びた。橘田の父は高平のせいではないと、何度も話し、高平の両親も息子に誰が悪いわけでもないのだと諭した。

しかし、橘田の声は出なくなっていた。謝る高平に橘田は首を横に振るしかできなかった。高平のせいではない、自分のせいだから。そう言いたくても声が出ず、二人の間には大きな後悔が残った。

そして…。

「一真…俺は……」

「じゃ、お前があんな大火傷を負ったのは俺のせいだ。俺についてこなければ…あんな目に遭わずに済んだ」

「一真…！」

「俺は弱いから……お前が心配するのもわかる。でも、このまま側にいるのは間違いだと思う。俺は…お前に……お前にふさわしい道を歩いて欲しいんだ」

二人の間では禁忌となっていた話を持ち出し、厳しい表情で告げる橘田の決意は、高平にも痛いほど伝わった。拳をぎゅっと握りしめ、湧《わ》き上がる衝動を耐える。歪んだ橘田の顔は苦しそうで…そして、とても痛々しげだった。自分が離れてしまったら、橘田はどうやって彼が抱える苦しみと闘うのだろう。

やはり自分が側にいなくては…と思うのに、橘田は毅然とした態度で続ける。

「俺は一人で平気だ。ここにももう来るな」

「…一真、俺は……」

「俺のことはもう考えるな。お前はお前のことだけを考えろ。お前に…もう迷惑をかけたくないんだ、俺は」

きっぱりとした物言いは橘田がずっと以前から、こういうやり取りに備えて準備していたのだと教えていた。高平は自分の甘さを粉々にされた気分で、それ以上続けられなかった。

ずっと一緒にいるつもりだった。そのためにも東京を離れずに済むよう、警視庁を志願した。橘田を支えて生きていくことが…自分の使命だと思っていた。それが、自分にできる最上の償いだと、思っていた。

「……」

でも、そういう思いも見抜かれていて、だからこそ橘田は負担に感じていたのかもしれない。高平は何も言えないまま、橘田の家を飛び出した。その日が高平にとって、橘田との決別の日となった。橘田は卒業式も欠席し、彼の家からはひっそりと荷物が運び出された。

春、橘田が京大に合格したのを人伝《ひとづて》に聞いた高平は、ようやく吹っきれた気分になって、警察学校へ入学した。それぞれの新しい道を歩き、ちゃんとした大人になって、いつか再会できたらいい。その日のためにも、恥ずかしくない自分でいられるよう、努力を重ねなくてはいけない。いつかまた、会える日が来るだろう。

その時は…。

一九九八年、京都。

大阪、高槻《たかつき》から京都までは新快速で十三分。あっという間に着くが、それからが一苦労だ。京都で一番発達している交通網はバスで、駅前にあるうんざりするほど多いバス停から、行き先に応じたバスを探さなくてはいけない。母親から渡されたメモを見ながら、倉橋祥吾《くらはししょうご》は眉をひそめて独りごちた。

「…北白川《きたしらかわ》…？」

京都市左京区北白川小倉町《おぐらちょう》…という住所と共に、実にアバウトな説明があった。銀閣寺方面のバスに乗って「北白川」というバス停で降りれば近いです。銀閣寺方面て。ますます険しい顔つきになって周囲を見わたした倉橋は、目当てのバス停を探すのをすぐに諦め、案内所へ駆け込んだ。観光都市だけあって、案内の類《たぐい》は充実している。北白川というところへ行きたいのだと告げると、地下鉄で今出川《いまでがわ》駅まで行き、市バスの２０３系統に乗り換えれば早いと教えられた。

「道が混みますと時間がかかりますよって。途中まで地下鉄を使わはった方が早いです」

母のメモ通り、京都駅からバスで行っていたら渋滞に巻き込まれうんざりする羽目になっていたのか。憮然《ぶぜん》としながら倉橋は地下鉄の駅へと下り、今出川駅と向かった。京都で地下鉄に乗るのは初めてだし、京都へ来るのも久しぶりだ。

最後に来たのは…小学校の遠足だ。高槻と京都は近いけれど、寺社などに関心がない倉橋にはとっては興味が引かれない街だった。こうして無理矢理来させられなければ、自ら訪れるなどなかっただろう。

ジーンズのポケットに突っ込んだメモを取り出し、再び眺める。北白川のバス停で降りれば近い…とあるが、地図などはない。この「片山《かたやま》ハイツ」というアパート名を頼りに探すしかなさそうで、ますます仏頂面になった。

たぶん、母親から連絡を受けた相手は待っているだろうから、電話して迎えに来てもらうという手もある。しかし、苦手としている相手に迎えを頼むのも気が引けて、自力で探そうと決めた。

今出川の駅を上がり、市バスのバス停を探して、203系統のバスに乗った。今出川通りを東へ進むバスは、御所を過ぎ、鴨川《かもがわ》も過ぎて、しばらく行くと「北白川」というアナウンスが聞こえてくる。他にも下車する客がおり、先にボタンを押してくれたのにほっとし、倉橋は続いてバスを降りた。普段、バスに乗る機会はあまりなく、久しぶりに来た京都と同じくらい、バスも縁遠いものだった。

右も左もわからない、初めて訪ねる土地に降り立ち、倉橋は諦め気分で一番最初に目についた中華料理店へ入ってみた。いきなりアパートの名前を告げて場所を尋ねても無理だと思い、北白川小倉町というのがどのあたりにあるのか聞く。昼を過ぎ、客が一段落していたせいもあるのか、店員が外まで出てきて教えてくれた。ここを北へ行くと、京大の研究所がある。その先が小倉町だ。疏水に沿って歩くといい。そんな説明を聞き、改めて、そこが京大の近くなのだと実感した。

倉橋の通う高校が夏休みに入ったのは三日前のことだが、先週に梅雨が明けて以来、雲一つない晴天が続いている。夏本番を迎えた京都は話に聞く通りの暑さだった。盆地の夏は暑いというのが定説であるが、五分も歩かないうちに実感できる。

午後だから太陽の日差しもきつい。これは早く見つけないと、干上がってしまいそうだ。日陰を探して歩き、なんとか北白川小倉町だと思われる地域に着いたが、「片山ハイツ」は見当たらない。閑静な住宅街の中にぽつんぽつんと学生向けだと思われるアパートの類が見られるが、固まって建っているわけでもないので、案内なしに探すのは難しかった。

しばらく探してから、一度休憩することにした。疏水沿いに作られた遊歩道の木陰で休み、グラウンドを眺めると、この炎天下に練習をしている姿がある。勉強しすぎてアホになったんちゃうんか。眉をひそめて悪口を呟き、倉橋は飲み物でも買おうと思い、自販機を探した。ざっと周囲を見回した倉橋は、「あ」と声をあげる。

「片山ハイツ。あるやん」

こんなところにあったのかと、倉橋はほっと息をつき、住宅の脇にある古びた看板に駆け寄った。片山ハイツという建物名と共に矢印が書かれている。それに従い、住宅に挟まれた側道を進むと、古い二階建ての木造アパートが現れた。

ほっとして、ジーンズのポケットからメモを取り出す。片山ハイツ203号室。迎えを頼む羽目にならなくてよかったと思い、メモをしまって階段を上った。最後に会ったのはいつだったか。今年の元旦にも現れたはずだが、自分の方が出掛けていて顔は合わせなかった。ということは…去年の正月かと思い出してみたが、はっきりとした記憶はなくて、眉をひそめる。

数えるほどしか会ったことがないのは確かだ。会話を交わしたのはそれよりも少ない。改めて考えると憂鬱《ゆううつ》になり、自然と足が止まった。二階の廊下へ出ると、手摺《てす》りに寄りかかって、ずらりと並んだドアを眺める。203号室は斜め前にあり、その中にいるであろう相手の顔を思い浮かべた。


倉橋が彼に初めて会ったのは、二年と少し前。倉橋がちょうど高校に上がった春のことだ。母親が再婚すると言い出した。その前からそういう相手の気配は感じており、実際に会ったりもしていた。相手は新聞社に勤めている、反対する理由などどこにもないような、立派な人物だった。

倉橋には四つ違いの妹がいるが、二人とも父親が恋しいような時期は過ぎていたし、離婚した父親にもいい思い出がなかったので、複雑な心境だった。しかし、母親が将来的、経済的な問題を考え、再婚を望む気持ちは理解できた。二人は母親のために再婚を承諾し、新しい父親と共に暮らすことになった。

ただ、新しい父親には一つだけ、難点があった。彼には亡くなった前妻との間に息子がいた。倉橋よりも四つ年上の彼は京都大学に在籍しており、大学近くで一人暮らしをしていた。だから、一緒には暮らさないと聞き、ほっとはしたものの、兄弟が増えるのに相違はない。

京大と聞いただけで、倉橋の妹は新しい兄に期待を寄せていたが、倉橋自身は気に入らなかった。たいして出来がよくない自分と比べられるのは必至で、ただでさえ成績に関して口うるさい母親がヒートアップするのは目に見えている。それにたとえ頭がよくても、癖のある男だったら厄介さが増す。

高校生活が始まってすぐに、顔合わせがあった。母親たちはすでに入籍を済ませており、GW《ゴールデンウイーク》の休みを利用して、新居に引っ越すことになっていた。本当は入籍前にお互いの顔合わせをしようという話になっていたのだが、相手の都合で先延ばしになっていた。

梅田《うめだ》にあるホテルのレストランで、倉橋は初めて「義兄」に会った。父親と一緒に倉橋たちを待っていた彼は、倉橋の想像とは大きく違っていた。新しく父親になる相手はがっしりとした体格で、肌の色も濃く、太い眉やぎょろりとした目が強面《こわもて》な印象を与えるような風貌だった。しかし、義兄の方は色白で、背は高いが、がっしりとはしていない。細面の優しい顔立ちは、微笑みでもすればとても女受けするだろうと思われるようなものだ。

倉橋の妹は遠目から見ただけで、隣の兄に囁《ささや》いた。かっこええやん。嬉しそうな顔に、渋面を返して、「アホか」と呟く。歩みを遅らせていた二人を母親が叱り、軽く頭を下げて席に着いた。

六人掛けのテーブルで、倉橋は義兄と向かい合わせの席に座った。彼は倉橋たちに深々と頭を下げただけで、自ら名乗ったりしなかった。それどころか、誰とも目を合わせようとせず、無表情な顔を斜めに俯かせていた。

「一真です。大学…二年だったか？」

本人に代わって紹介した父親に確認され、彼は頷く。「よろしくお願いします」。態度とは違う、はっきりとした声でそう挨拶すると、倉橋の母親はほっとしたような顔になり、「こちらこそ」と言って、自分の息子と娘を紹介した。

「息子の祥吾と…娘の由衣《ゆい》です。祥吾が今年、高校に上がって…由衣は小六になりました。一真さんみたいに出来がよくないんですが…」

謙遜《けんそん》する母親に、義兄は軽く首を振っただけで何も言わない。そういう態度が父親にとっては当たり前になっているようで、気にする様子はなかった。胃が痛くなるような食事会の間、結局、義兄は「よろしくお願いします」と言っただけで、一切、発言しなかった。気を遣った妹が話を向けてみても、答えるのは父親だった。

最初は父親の再婚に反対していて、だから反抗的な態度を取っているのかと考えたが、食事が終わる頃にはそういうわけではないのだろうと思えていた。そして、その理由は二人と別れた後、母親から倉橋と妹に告げられた。

「一真さんね。事故の影響で長い間、口がきかれへんかってんて。せやから、今でも話すのが苦手らしいんよ」

母親は以前にも義兄と会っているが、同じような態度を取られ、自分が気に入らないのだろうかと不安になり、再婚相手に聞いてみたのだと言った。父親である自分ともあまり話さないのだから、気にしないで欲しいという答えに、不安を覚えながらも安堵したという。

「事故ってどんな?」

「一真さんのお母さんが亡くなった交通事故。目の前で轢《ひ》かれたんやて」

「ほんま?」

可哀相《かわいそう》…と同情する妹を見て、倉橋は苦々しげに顔を顰めた。事情があるのはわかったが、大学生にもなってまだ引きずっているというのは、倉橋にとっては解せない話だった。

「子供の頃の話なんやろ?　それで二十歳《はたち》にもなって、まともに話せへんて。就職とか、どないすんねん。どんだけ頭よかったって、話せへん奴なんか、雇ってもらわれへんで」

「あんたが心配することやない。あんたは自分の勉強をしっかりしいや。高校入ったからって、気い抜いたらあかんで。あっという間に大学受験なんやし」

藪蛇《やぶへび》や…。渋い顔で愚痴る兄を笑ってから、妹は母親に確認するように聞いた。

「あの人が一緒に暮らすことはないんやろ?」

「そうやと思う。大体、お父さんが大阪に転勤になったんも、一真さんが高一の時で、高三まで東京の家で一人で暮らしてたらしいねん。それから京都で、もう何年も別に暮らしてるから、一緒に住むつもりなんかまったくないと思う、言うてた」

「よかった。すごい美形やし、京大やけど、あの人とは一緒に暮らされへんわ。息詰まりそう」

悪びれたふうもなく言ってのける妹を、母親が窘《たしな》める。何言うてんの。あんたのお兄さんなんやで。そう言うのは大人としての建前で、母親も本心では一緒に住まなくていいのに安堵しているのはわかったから、倉橋も妹も肩を竦めるだけで反論はしなかった。

それから、倉橋が義兄と顔を合わせたのは、新居に越した後だった。一度、見に来て欲しいと母親が声をかけたのだ。義兄は彼なりに気を遣っていたのか、義理堅く、引っ越し祝いを手に訪ねてきた。その時も、食事会の時と同じく、ほとんど声を発さないまま、帰っていった。その次は…再婚後、初めて迎えた正月だった。元旦。所在なげにダイニングテーブルの椅子に、いつ帰ろうかとタイミングを窺っているような顔で座っていた義兄の姿を思い出し、倉橋は息をついた。

「…あれが最後や…」

つまり、三回しか会っていない。そんな相手の自宅を訪ねる日が来るなんて、思ってもいなかった。母親がとんでもないことを言い出したのは、昨夜だ。一真さんに家庭教師頼んだから。部屋に入ってきた母親が上段から告げた台詞を、倉橋は怪訝そうに繰り返した。

「家庭教師て……一真って、誰?」

「何言うてんの。あんたの兄さんやろ」

「……。…マジで言うてんの？」

「自分が置かれてる状況が、わかってへんみたいやな？」

こめかみをひくつかせながら言う母親の顔は、憤怒の表情だった。夏休みに入ってすぐに行われた、進路相談が原因だった。それまで適当に隠し通してきたのだけど、そこで担任の教師から夏休みの間に相当頑張らないと、現役合格は難しい成績であるのが明かされたのだ。

再婚後も看護師としての仕事を続けている母親は、普段は忙しく、子供に構っている余裕はない。しかし、勉強に関しては昔から滅法うるさかった母親は、それを聞いて目を吊り上げて怒った。

「先生も言うてはったやろ。今のままじゃ、受からへんて」

「それはわかってるけど、なんであの人なん？」

「予備校は行かへん、言うたの、あんたや」

「せやから、予備校代がもったいないから、俺は自力で勉強する言うて…」

「アホ。自力の結果があれやんか。もう一真さんには話、通したし。京大生の家庭教師雇おう思ったら、えらい高いねんで。それをただで見てくれる言うんやから、ありがたく教えてもらい」

「ちょ…ちょお、待って。おかんも知ってるやんか。あの人は…」

「電話では家庭教師の経験もある、言うてた。つべこべ言わず、行きなさい！」

最後にはキレて叫んだ母親が放り投げていったのが、ジーンズのポケットに入っているメモである。住所と共にあった、約束の時間は二時だった。それを過ぎているのはわかっていたが、やはり億劫で、斜め前のドアを叩く気になれない。

いつか自分の成績がバレて、母親が怒り出すのは予想していたが、まさかこんな目に遭わせられるとは。絶対、嫌がらせも入っているに違いないと思い、顔を顰める。逃げ出してしまいたいが、母親の報復が恐ろしい。携帯を解約され、小遣いを切られるのは間違いがなく、それをやられたらどうにもならない。

「…はあ」

深い溜め息をつき、倉橋は覚悟を決めた。兵糧攻めに遭うよりも、無言を耐えた方がマシだ。そう思い、203号室へと足を踏み出そうとした時。目当てのドアが内側から開かれる。

「……」

顔を出したのは倉橋の義理の兄……橋田一真だった。橋田は驚いた顔で立っている倉橋を見ると、小さく口を開け、「ああ」と溜め息のような声を出した。簡素な造りのドアを開け放ち、外へ出てくる。

「遅いから…捜しに行こうと思ったんだ。迷った?」

「…あ……少し」

橋田の方から話しかけてきたのに戸惑い、倉橋は小さな声で返した。橋田とまともな会話など交わせない、自分が何を言っても向こうは答えないだろうし、長い沈黙に耐えるだけだろう。そんなふうに思っていたのが、初っ端《しょぱな》から覆された気分だった。

「暑いな。どうぞ、入って」

今日はどうして普通なのか。記憶を振り返った結果、橋田が発した言葉は数えられる程度だとわかったばかりだ。もしかして別人なのかと、ありえないことを考えながら、倉橋は橋田に勧められるまま、彼の部屋へ足を踏み入れた。

八畳の和室に、四畳の台所、風呂にトイレ。学生向けのアパートは狭く、すべてが見わたせる程度の広さだ。玄関先からは台所の様子だけが見えたが、きちんと整頓《せいとん》され、綺麗《きれい》に掃除されており、塵《ちり》一つ落ちていない。その様子を見て、倉橋はそこが義兄の部屋なのだと実感した。

整った部屋は、何も話さずとも我慢強く、その場に居続けられる根性を持った義兄と似ている。先に部屋へ上がった橋田は台所でグラスを用意しながら、倉橋を奥の部屋へ入るように促した。台所と引き戸で仕切られた部屋は、冷房がきいており、暑い中アパートを探し歩いた倉橋にはありがたい涼しさだった。

「北白川のバス停から？」

「…はい。母さんがくれたメモに、住所しかなかったんで。探してたら遅くなっちゃって」

「電話してくれれば迎えに行ったのに。いや、詳しい場所を聞かないけど、いいのかなと思ってたんだ。地図をファックスしておけばよかったね」

部屋の中央に置かれた卓袱台《ちゃぶだい》の上に、冷茶の入ったグラスを置きながら話す橋田は、倉橋にとってはやはり別人のように見えた。事故の影響で口がきけなかったから…という話を聞き、倉橋も妹も納得していたのだが、一体、どういうことなのだろう。

そんな不信感を橋田は敏感に感じ取っていた。

「…今日はよく喋るなと思ってるのか？」

向かいに座った橋田がずばりと聞いてきたので、倉橋はたじろいだ。そこまでストレートに尋ねられるとは思ってもいなくて、答えに詰まってしまう。

「いや…その……」

「父が苦手でね」

「…え…」

「あの人とはあまり話したくないんだ」

橋田が挙げた理由をもとに考えてみると、確かに倉橋が橋田に会う時はいつも父親が一緒だった。実の親である父親に、橋田が無口だった原因があるとは思ってもみなかった。

「…実の父親なのに…？」

「誤解しないで欲しい。あの人に何か問題があるというわけではないんだ。あの人はできた人だから、君たちにとってはいい存在だと思う」

橋田の言う通り、母親が再婚し、新しい父親と一緒に暮らし始めて二年以上が経つが、不満を感じたことは一度もなかった。感じるも何も、新聞社に勤める義父はほとんど家におらず、時折見かけて挨拶する程度の存在だった。

倉橋や妹に対し口うるさく言うこともなく、子供として振る舞うように求めたこともな

い。収入も高く、母親が再婚したお陰で、倉橋は私大への進学を躊躇《ちゅうちょ》する必要もなくなった。橘田が口にした「いい存在」という表現には納得で、けれど、同時に「ならばどうして?」という疑問が湧く。

すると、橘田が無表情な顔を微かに傾《かし》げた。

「俺個人の問題だから、詳しく説明するのは勘弁して欲しい。それにあの人には伝えないでくれるかな。向こうは俺は話さないのが普通だと捉えているはずだから」

「………」

確かに、義父は橘田が無口なのは事故が原因だと説明していた。本当に義父は橘田が普通に話せるのを知らないのだろうかと訝《いぶか》しんでいると、前方から視線を感じる。

「…君は…すぐ表情に出るな。わかりやすい」

「……」

バカにされているように感じ、むっとしたが、橘田にからかっている様子はない。そもそも橘田は常に同じ顔つきで、微かに怪訝そうになるくらいだ。笑みも浮かべないので、その表情からは気持ちが読めなかった。

倉橋は疑問を胸にしまい、橘田が入れてくれた冷茶に口をつける。上品な味のするお茶は京都ならではだろうか。倉橋がグラスを置くと、「それで」という声が聞こえる。

「何を教えよう? 君のお母さんからとにかく成績を上げてくれと頼まれたんだが…」

「あー……すんません」

母親は看護師という職業でありながら、アバウトなところが多かった。橋田は立場上、断れなかったのだろうが、困ったに違いない。倉橋は申し訳ない気分で事情を説明する。

「この前、進路相談があって、このままだと志望校には受からないって担任に言われて…。母さん、頭にきたみたいで…」

「予備校の夏期講習に行けと言われても嫌だと言ったらしいじゃないか」

「それは…行ってもどうせ大して効果ないし…。結構、高いじゃないですか。お金がもったいないなと思って」

「志望は?」

橋田に尋ねられ、倉橋は関西では名の通った私大の名を挙げた。有名国立大に通う橋田にしてみれば、それなりの大学だろうけれど。そんな考えはまたしても顔に出ていて、橋田に読まれてしまう。

「大したことないなんて、思ってないよ」

「………どうしてわかるんですか?」

「わかりやすいって言っただろ」

真面目な顔で返されても、どうにも釈然としなくて倉橋はじっと橋田を見た。すると、それまで向かい合っていたはずなのに、気づかなかったことが目についた。橋田は元々色白なのだが、それが青いようにも見え、目の下には薄暗いくまも浮かんでいる。

「……調子、悪いんですか?」

夏風邪でもひいたのだろうか。心配になって聞いてみると、橘田は「いや」と首を横に振った。

「ちょっと寝不足なんだ。すぐくまができる質《たち》で…みっともないよな。女性ならば化粧なんかでごまかせるんだろうが」

　橘田の話し方は標準語というだけでなくて、倉橋には縁のない、聡明さが滲《にじ》み出たものだった。女性なんて単語を会話の中で使った覚えなどまったくない倉橋は、神妙な顔つきで頷いた。義父も標準語で堅い喋りをするけれど、世代が違うから違和感はない。橘田は大学四年とはいえ、まだ二十一か二だ。同じような世代であるのに、こんな話し方では友達もいないんじゃないか。

　そう思ってから、橘田が通う大学を思い出す。お堅い国立大学にはこういう喋りの奴がごろごろしてるのかもしれへん。そんな想像にうんざりして、頭を掻いた。

「今度は何?」

「……わかりませんか?」

「さすがに」

「俺は京大には生まれ変わっても入られへんやろなって思ってたんです」

　本当は「入りたくない」のだったが、負け惜しみに聞こえるだろう。倉橋の答えを聞いた橘田は、しばし動きを止めた後、話を元に戻した。

「…私大で文系なら……受験科目は何にしようと考えてるんだ?」

橋田の問いに答えながら、とりあえず持参した夏休みの課題をデイパックから取り出す。適当に片づけようと思っていたそれを橋田は念入りに見て、倉橋に一つずつ解かせた。橋田の指導は想像だにしなかった厳しいもので、無言を耐えれば済むと考えていた倉橋は、自分の甘さを反省した。

母親の手前、とりあえず訪ねるけれど、どうせあの人は喋られへんから。夏休みの課題だけ適当に片づけて、さっさと帰ってくればいい。これもつき合いや。そう思っていたのに。

「……よし。合ってるよ」

「ほんま？　よかった〜」

解答を確認した橋田が頷くのを見て、倉橋は安堵の声をあげる。そのまま後ろへと倒れ込み、畳の上で伸びをした。二時過ぎに橋田の部屋を訪ねてから、五時間余り。倉橋はトイレ休憩のみでずっと課題に向き合わされたのだ。

夏休みの課題だから、受験には関係のない科目もある。苦手な数学は後から自分でやるからいいと言ったのに、橋田は懇切丁寧に指導してくれた。倉橋としては答えを教えてくれるだけでいいのに、できない問題は橋田がその場で作った例題を解かされた上で、本題を解くよう求められた。それが間違っていれば、即刻、やり直し。持参した課題は大した量ではなかったのに、全問解き終えた時には七時を過ぎていた。

「もう七時を過ぎてるし、今日はここまでにしようか」

「そうしましょう、そうしましょう」

これ以上頭を使ったら、アホが余計アホになる。倉橋は橋田の言葉を聞き、飛び起きると、早速荷物をまとめた。帰る気満々の倉橋を表情のない顔で見つめながら、橋田は淡々と告げる。

「じゃ、明日も二時で。他にも課題があったら持ってきて」

「えっ」

「君のお母さんから、俺の都合がつく日はすべて見て欲しいって言われてるんだ。午前中は大学の用があるんだけど、午後は空いてるから」

「せ…せやけど…」

「何？」

用でもあるのかと聞かれ、倉橋は首を横に振るしかなかった。母親に電話され、「用があると言ってますが」とでも言われたら、即刻、携帯と小遣いを止められる。自分には人権さえもないのだと、母親が聞いたら激怒しそうなことを思いながら、倉橋は「ありがとうございました」と礼を言って立ち上がった。

玄関先までついてきた橋田と、そこで別れるのだと思っていたが、彼はコンビニへ行くからと言って一緒に外へ出た。七月下旬、一番日の長い時期でもあり、七時を過ぎていても外は薄明るい。

疎水沿いの道へ出て、橘田と並んで歩き始めると、倉橋は彼に携帯の番号を聞いた。

「家の番号は聞いたんですけど、携帯の方が便利でしょう」

「俺、携帯を持ってないんだ」

「え」

「あまり必要性を感じなくて。大抵、部屋にいるし、留守の時は留守電になってるから、吹き込んでおいてくれればいい」

はあ…と頷き、倉橋はポケットから取り出しかけていた携帯を戻す。倉橋に携帯を持つよう、最初に勧めたのは母親だった。高校に入り、行動範囲が広がった息子をどこにいても捕まえられるようにと、買い与えたのだ。看護師としてフルタイムで働いている母親にとっては、便利なアイテムだった。

鈴をつけられたような気分になり、最初は億劫に思っていた倉橋も、大抵の子供と同じくすぐに携帯の魅力に夢中になった。家の電話を通さずとも、友達といつでもダイレクトに連絡が取れる。それが必要ないと言う、橘田の気持ちはよくわからなかった。

「携帯、使えますすよ」

「便利なのは認めるよ」

前を向いたまま答える橘田は、本当に興味がないようで、倉橋はそれ以上言わなかった。もしかして…と思い当たったせいもある。橘田には友達が少ないのかもしれない。少なくとも、気軽に連絡を取ってすぐに会おうというような友人はいない気がした。

まもなくしてバス停についた。行きを思えば驚くほどの速さだ。明日はすぐに辿り着けるはずだ。タイミングよくやってきたバスに乗り込み、窓際に座ると、外で見送ってくれる橋田に小さく頭を下げた。

今出川でバスを降り、地下鉄に乗り換える。京都駅に着き、改札を抜けた時、携帯が鳴り出した。相手を見れば同じ高校に通う友人で、地元である高槻の駅前で会えないかと言われる。今から戻るところなのでちょうどいいとばかりに約束し、通話を切るとすぐにまた着信がある。今度は母親だった。

『祥吾？　まだ一真さんのところなん？』

「いや、今、京都駅に着いたところや。ちょお、細川《ほそかわ》と会《お》うてから帰るし」

『どうやったん？』

「エグかったわー。また帰ったら話す」

倉橋の渋い言い方で母親はすべてわかったというように笑い、夕飯はいるのかと聞いた。残しておいてくれと伝え、ホームへ下りる。間もなく入ってきた新快速に乗り、高槻へと戻った。

友人の細川は駅前のファストフード店にいた。やはり携帯は便利だ。改めて思い、ハンバーガーとポテト、コーラが載ったトレイを手に、細川の前の席に座る。

「京都って、何しに行っとったん？」

「勉強」

「はあ?」

どういう意味やと、怪訝そうに聞いてくる細川に、倉橋はハンバーガーを齧《かじ》りながら説明した。昼を食べてから家を出て、京都まで。それから五時間、冷茶一杯で悪戦苦闘してきたのだ。家まで待てるわけがない。

「京大て…。兄貴ができたのは聞いとったけど、そんな賢かったんかい」

細川とは小学生からのつき合いだ。母親が再婚し、新居に移るとなった時、生まれ育った高槻市内で物件を探した。倉橋は高槻市内の高校に進学が決まっていたし、妹も中学を移りたがらなかった。だから、昔からの友人は多く、大抵の相手は倉橋の事情を知っている。

細川にも再婚相手には連れ子がいて、義兄ができるのだという話はした。しかし、一緒には暮らさないからとしか、義兄についての情報は伝えなかった。

「五時間、みっちり数学やらされた。明日も行かなあかんねん。死にそうや」

「スパルタやな。けど、祥吾ならそんな勉強せんでも、どっか入れるやろ」

「うち、おかんが関学か同志社しか学費出さへん、言うてるからな」

高校内での倉橋の成績は悪いものではない。仲のよい友人の間でも、倉橋は賢い奴として通っている。しかし、高校のレベル自体が大して高くなく、友人もどんぐりの背比べ的な面子《メンツ》であるから、母親の指定する大学は受かるかどうか、ぎりぎりのラインだった。

「こんなやったら予備校の方がマシやったかもしれん」

「逃げたらどうや?」

「あかん。携帯と小遣い、止められる。間違いない」

幼い頃からのつき合いだから、細川も倉橋の母親がどういう気性かわかっている。しばし沈黙し、「せいぜい頑張りや」と他人事《ひとごと》のように励ました。

「せやけど、四年やったら就活とかは？　もう決まってるんか？」

「……さあ…。聞いてへん」

何気なく聞いてくる細川に、倉橋は眉をひそめて首を捻《ひね》った。今日、橋田の部屋を訪ねるまでは、彼は人と満足に話せないのだと思い込んでいた。あんな状態では就職も難しいだろうと、初対面の後、母親に言った覚えもある。

しかし、実際の橋田は饒舌《じょうぜつ》というわけではないが、きちんと話せるし、しかもその話し方はとても賢そうなものだった。倉橋にとっては堅苦しく思えるその喋りも、就職活動という場においては生かされるに違いない。

頭もよく、外見は清潔感のある美男だ。あれならばどこだって…というのは少し語弊があるだろうが…就職できるに違いない。だが、橋田が具体的にどういう仕事に就くのか、想像してもちっとも浮かんでこなかった。


翌日も倉橋は同じような時間に家を出て、橋田のアパートを訪ねた。今度は迷わず、時間通りに橋田の部屋へ着いた。橋田は倉橋を待ち構えており、一息入れる余裕も与えられず、昨日の続きとして数学をやらされた。

倉橋が持参した課題の残りと、橋田が倉橋のために用意していた問題を解き終えると、昨日よりも遅い、八時になっていた。

「…もう八時か。遅くなってしまったな。心配してるかもしれない。今から帰ると電話しておいたらどうだ？」

「あー…平気です。いつものことやし」

さすがに日付が変わるような時刻だったら連絡を入れないと後で叱られるが、それでも目くじらを立てられるまではいかない。いつもだと聞いた橋田は、怪訝そうに確かめた。

「君は…部活はやっていないと言っていたが、どうして帰りが遅くなるんだ？」

「いや、連れと…遊んでたりして」

「夜に？」

「一真さんにはありえないですよね」

未成年なのに…と説教でも始めそうな橋田に苦笑を浮かべ、倉橋は頭を掻く。自分と橋田の常識が大きく違っているのは、確かめなくても明らかだ。まっすぐ帰ります…と神妙な顔で言って、倉橋は荷物をまとめた。

昨夜と同じく、橋田はコンビニへ行くと言って一緒に部屋を出た。もしも自分を気遣っているのならば、心配は無用だと告げる倉橋に、橋田は真面目な顔で違うと言った。

「年齢は下でも自分よりも大きくて、しっかりしていそうな君を心配はしない」

「はあ」

「夕飯を買いに行くんだ」

聞けば、それは橘田の日課なのだと言う。真面目な橘田のことだから、自炊も完璧《かんぺき》にしているのだろうと思っていたが、彼は料理が酷く苦手なのだと告白した。

「いろいろ努力はしてみたが、諦めた。それに自分で作った料理を食べるよりも、出来合いのものを食べた方が健康にもよさそうだ」

「どんな…です？」

一般的には商品として売られている食事は塩分過多で栄養も偏りがちだと言われている。なのに、その方が健康にいいと言いきれるような料理とはどんな代物なのか。倉橋にはすぐに想像できなくて、怪訝そうに眉をひそめた。

「一真さんて、高校の時から一人暮らししてる、聞きましたけど。ずっと買ってきたもの、食べてたんですか？」

「いや。ラーメンくらいはまともに作れる」

「それ、インスタントでしょ」

呆れた顔になる倉橋を見て、橘田は気まずそうに視線を逸らした。賢くて、容姿も整っていて、欠点などないように見える橘田を遠い存在に感じていた倉橋は、少しだけ橘田が近くなったように思えて、にやりとした笑みを浮かべる。

「せやったら、料理は俺の方がうまいかもしれませんね」

「…できるのか？」

「一通りは。そんな難しいもんは作れませんけど、うちはおかんが看護師で、三交代で働いてたんで、妹の世話やら家事は俺がしてたんです」

「そうか…」

相槌を打つ橋田は倉橋の方は向かず、ただ前を見て歩いていた。互いが事情を抱えた家庭に育った身の上だ。それ以上は話さず、バス停を目指した。停留所の看板が見えてきた頃、横をバスが走り抜けていった。倉橋は慌てて追いかけ、「また明日」と軽い挨拶をして、橋田に背を向けた。

バスに乗り込んでから、就職のことを聞こうと思っていたのに忘れていたのを思い出す。けど、夏休み中通うのだからいつでも聞ける。橋田の夕飯はなんだろうと想像しながら、バスに揺られた。


初日から気にはなっていたのだが、橋田のもとへ通い出して五日目あたりに、倉橋は困惑するような事態に遭遇した。約束の時間である二時に部屋に着き、チャイムを鳴らしたのだがいつまで待っても橋田は顔を出さない。もう一度押してみても同じく無反応で、留守なのかと訝しんだ。

コンビニにでも行ってるのだろうか。しばらくその場で待っていたが、一向に橋田が帰ってくる気配はない。留守電にメッセージでも入れて帰ろうか。そんなことを考え始めた時、部屋の中からカタンと小さな物音が聞こえてきた。

「……」

留守じゃないのか？　不審に思いつつ、ドアノブを摑んでみると、鍵がかかっていると思い込んでいたそれが簡単に開く。早く開けてみればよかったと悔やみつつ、呼びかけながら中へ入った。

「一真さん？　いるんですか？」

玄関に立つと、台所と八畳間を隔てている引き戸が半分ほど開いているせいで、奥の様子が窺える。いつもの卓袱台と、その下に足先が見える。ぎょっとして倉橋は靴を脱ぎ、部屋に上がった。

「一真さん…！」

八畳間の中央に置かれた卓袱台の向こうで、橋田が倒れ込んだような形で横たわっていた。斜めに俯せになっているから、様子は窺えない。気分が悪くて倒れたのだろうか。橋田は元気そうに振る舞ってはいたが、常に顔色はよくなくて、目の下のくまも日に日に酷くなっていくのを倉橋は見ていた。

慌てて橋田の側へ跪《ひざまず》き、彼の身体を仰向けにする。ぐったりした様子と、蒼白《そうはく》な顔色が倉橋を心配させたが、呼吸しているのが確認できたのでほっとした。

「一真さん。ええか？　どないしてん？」

しかし、息はしていても橘田は目を閉じたまま、苦しげに眉をひそめており、その呼吸も荒いものであるのがわかる。倉橋は救急車を呼ぶことを頭に浮かべながら、橘田を目覚めさせるために呼びかけ続けた。

「一真さん、一真さん」

「……ん……」

「気分、悪いんか？　どっか痛いとか？」

声を強めて尋ねると、橘田の眉が一層ひそめられ、ふうと大きな息が口から吐き出される。ごろりと寝返りを打ち、俯せになった橘田はすぐ側で正座している倉橋の膝へ手を伸ばした。するりと伸びてきた白い手が、当たり前のように触れてくる仕草に、倉橋はどきりとする。色の白い人だとは思っていたが、自分の膝にある橘田の手は女のようにたおやかで華奢に見えた。けれど、実際はちゃんとした男の大きさであり、指も節ばっていて長い。そのギャップが妙な艶《なま》めかしさを生んでいた。

「……尚徳……」

「……？」

「…ごめん……」

謝る前に橘田が口にした名前は、倉橋にとって聞き覚えのないものだった。尚徳。頭の中で初めて耳にした名を繰り返し、低い声で「一真さん」と呼びかける。

倉橋が名前を呼んだ途端、橘田はびくりと身体を震わせた。膝に触れていた手をするりと引っ込め、身体を横向きにする。心配げに覗き込む倉橋と目が合うと、失敗したとでも言いたげに目を眇めた。

「…君か……」

「……」

誰かと間違えていたのか。聞くのは簡単だったけれど、なぜだか問いを向けられなかった。橘田は自分を「尚徳」だと思っていたのだろう。胸の内で想像しながら、体調が悪いのかと尋ねる。

「チャイム押したんやけど、返事がなくて、玄関のドアが開いてたから入ってみたんです。そしたら、一真さんが倒れてて…。ええですか？」

「心配かけてすまない。いつの間にか寝ちゃってたんだな」

「寝てた？」

「午前中から家で書き物をしてたんだけど…ふいに眠くなって、横になったら…。……嘘。もう三時じゃないか」

ごろりと仰向けになり、壁の時計を見た橘田は驚いて飛び起きた。そのせいで頭痛が走ったようで、「つう」と呻き声をあげて、頭を押さえる。寝ていたと橘田は言うけれど、その様子は苦しげでとてもうたた寝とか昼寝とか、そういう言葉が当てはまるような様子ではなかった。

「ほんまに大丈夫なんです？　さっきもえらい、苦しそうでしたよ。どっか悪いんじゃ…」

「平気だ。いつものことで……不眠症気味なんだ。あまり眠るのが得意じゃなくて」

「……。勉強しすぎとちゃいますか？」

「そうかな」

相槌の打ちようがなくて、軽い冗談で応《こた》えてみたのだけど、橘田は真面目な表情で首を捻ってみせる。その顔は相変わらず青白く、くまも色濃く浮かんでいたが、しんどそうな気配はなかった。

橘田が何か問題を抱えているのは倉橋もわかっていた。そもそも、まともに話せないと思っていた相手だ。だが、こうして親しくなってみると、その問題が相当に深いものなのだと少しずつ実感されてくる。

迷惑をかけてしまったと詫び、橘田はばたばたと窓を閉めてエアコンをつけた。倉橋が訪ねる時はいつも冷房がきいているので、常用しているのだと思っていたが、実際は倉橋のためにつけてくれていたのだ。

卓袱台の上には橘田が広げていたノートパソコンと、レポート用紙、それに分厚い本が何冊も置かれていた。整った文字がびっしり書かれているレポート用紙を何気なく見たが、法律関係の文章だろうという想像しかつかなかった。橘田は法学部に在学していると聞いている。

やっぱ勉強しすぎやな。渋い顔でそう思い、倉橋は橘田に言われて、卓袱台の上を片づける。彼が入れてきてくれた冷茶で一息つくと、何事もなかったみたいに勉強を始めようとする橋田に合わせ、問題集を広げた。

その日の帰り道、橋田は三十一日は用があるので、休みにしてもいいかと言った。日曜も関係なく、毎日橋田の部屋で勉強させられていた倉橋には願ってもない話で、二つ返事で頷いた。

「嬉しそうだな」

「わかります?」

「課題は出すから」

「ええ〜? 課題て」

そんないけず言わんでも。情けない顔でやめてくれと訴える倉橋に取り合わず、橋田は前を見て歩いている。倉橋が帰る際、橋田も部屋を出てコンビニへ出掛けるのがいつしか常になっていた。開始が遅れた分だけ終わりも延び、時刻は九時を過ぎている。

「遅くなったから連絡しておけよ。心配してるといけないから」

「はあ。……大丈夫ですか?」

倉橋にとっては母親よりも、横にいる橋田の方が気にかかる。苦しそうな寝姿は橋田がいつもくまを浮かべているのを納得させるようなものだった。窺うように尋ねる倉橋に、橋田はしっかりとした口調で「ああ」と返事する。

「おかしなところを見せて悪かったな。気にしないでくれ」

「……」

橋田は眠るのが得意じゃないと言ったけれど、それは倉橋にとっては考えられない話だった。ベッドに入れば三秒で眠れるし、十八年生きてきて、眠れなくて苦しんだことは一度もない。ただ、寝起きだけは悪くて、いつも学校は遅刻ぎりぎりだ。

バス停で橋田と別れ、見送ってくれる彼を車窓から見下ろした。手を振ったりはしないが、それでも、確かめるみたいにバスが発進するのを立ち止まって見送ってくれる。橋田の姿が見えなくなると、倉橋は一つ息をついて、空いている席に腰かけた。

何気なく視線を落とした先に自分の膝があってどきりとする。そこに触れていた橋田の手はまだ鮮明な記憶として残っていて、ともすればその感触や温度さえ甦りそうだった。実際にはジーンズの厚い布地越しだったから、直接は触れていないし、掌《てのひら》の温度も感じなかった。甦ったとしてもそれは倉橋が思い込んだ錯覚だ。

「……」

ぼんやりと、そこにあった白い手を思い出しながら、聞こえてきた名前を心の中で繰り返す。尚徳。ごめん。橋田は誰に謝ったのか。どうして謝ったのか。寝惚《ねぼ》けていたのだろうけれど、だからこそ、気になった。

橋田は当たり前のように触れてきた。それが女の名前だったら、気にも留まらなかったのかもしれない。彼女と間違えてるんか。橋田も隅に置けないなと思って、どんな彼女なのかと想像しただろう。あの橘田とつき合える相手。橘田以上にがちがちに堅い女なのかもしれないなんて思って、笑えたかもしれない。

けど、橘田が口にした「尚徳」という名前は、どう考えても男のものだ。倉橋は友人が多く、長く親しくつき合っている相手も多いけれど、ふざけてじゃれ合うとかならともかく、あんなふうに確信を持ったような触れ方をしたことはない。

あれは…彼女とか、つき合っている相手に触れるような仕草だった。小さな疑問と、困惑が、倉橋の胸の奥に刺さるようにして残った。


次の日も、その次の日も。倉橋は橘田の部屋を訪れたが、彼の体調がどんどん悪くなっているようで、酷く心配した。勉強を教えるどころではないように見え、休んでくださいと言っても、橘田はいつものことだからと言って聞かなかった。

翌日の三十一日は用があるからと言われていた。倉橋にとってはラッキーな休みだったが、体調の悪い橘田の「用」というのが気になった。

「どっか行くんですか？」

「ちょっとね」

「大丈夫です？」

勉強道具を片づけながら、窺うように聞く倉橋に、橘田は白い顔で頷く。微かでもいいから笑みでも浮かべてくれれば、少しは安心できたのだろうが、橘田はいつだって頬を緩めはしない。顔色が悪いせいで必要以上に硬い顔に見え、倉橋の心配は募った。

けれど、橘田はいつも通り淡々としていて、帰る倉橋と共に部屋を出た。ちょっとは栄養のあるものを食べなきゃ駄目だと言う倉橋に、橘田はちゃんと考えてると言う。

「野菜も食べてるし、バランスは取ってるつもりだ」

「でも、コンビニばっかじゃ、限界がありますって」

「そうか？」

「大体、飽きませんか？　美味《うま》いもんなんか、一つも売ってない、思うけど…。一真さん、味音痴なんかな。今度、俺がなんか作りましょか？」

「…君が？」

「なんです？　その思いきり不審げな目は」

明らかに疑っている様子の橘田には、以前、料理ができるという話はしたのだが、信用してもらっていなかったのだとわかる。訝しげな橘田に、倉橋は自分の手料理を食べさせると鼻息を荒くして宣言した。

特別に手料理を食べて欲しかったわけじゃない。ただ、無理にでも話をしていないと、ふっと意識を失くして倒れてしまうんじゃないかというような、儚《はかな》さが橘田にはあった。そんなことを言えば、本人は真面目な顔で否定しただろう。だが、実際のところ、バス停から一人で帰すのさえ、不安だった。

停留所に着くとすぐにバスが見えた。橋田が「気をつけてな」と言うのを聞いて、内心で「あんたの方が」と返す。

「無理しんといてください」

溜め息混じりに言うと、橋田は一瞬、意外そうな顔をしてから「ああ」と返事した。

「…じゃ、また明後日」

停車したバスに乗り込み、倉橋は車両の後部へ進むと窓越しに橋田を見た。まっすぐに自分を見ている彼に小さくお辞儀をする。バスが発進すると、あっという間に橋田が見えなくなる。ふうと小さな溜め息をつき、座席に座った。

橋田を心配する気持ちは尽きなかったが、相手は一応、自分よりも年上の大人だ。倒れたりしても助けを呼ぶことはできるだろう。橋田にしてみれば余計なお世話なのかもしれないと思い、深く考えるのをやめた。

倉橋が必要以上に心配してしまうのは、先日、苦しそうに眠っている彼の姿を見たせいだ。普段の橋田には精神的に脆《もろ》そうな様子は見られない。やはり、義父が言っていた事故の影響があるのだろうか。もしそうだとしたら…他に原因は考えつかなかったが…とても本人には聞けないなと思った。

翌日。夏休みに入ってからほぼ毎日埋まっていた午後がフリーになったので、倉橋は友人に誘われ出掛けた。話題の映画を見て、ファストフード店に長居をした後、別の友人と合流してゲームセンターで遊んでいるうちに日が暮れていた。帰宅すると、先に帰っていた母親が台所に立っていた。

「お帰り。夕飯、食べる？」

「何？」

「千里《せんり》のおばさんがお稲荷《いなり》さんをたくさんくれたんよ。それとお汁にしよかと思てるんやけど。足りひん？」

居間へ行くついでにひょいと台所を覗けば、二段重ねの大きなお重がカウンターの上に置かれている。千里のおばさんというのは、母親の叔母《おば》で、倉橋にとっては大叔母に当たる。料理好きで、千里のおばさんがくれる手料理はどれも美味《おい》しい。

お重の蓋を開け、ひょいと一つつまんで食べる。もぐもぐと咀嚼しながら、ふと、思いついた。

「…なあ。これ、一真さんに少し持っていってやってもええ？」

「一真さん？　もちろんええけど…」

「あの人、毎晩、コンビニで夕飯買っててんねん。ロクなもん、食うてへんから」

「そうなん？」

母親も橘田は自炊してるものだと思っていたらしく、意外そうな顔で聞く。料理が下手らしいと言うと、笑って「京大やのにねえ」ととんちんかんなことを言った。

「せやけど、一真さん、今日は出掛ける言うてはったんやろ？　せやから休みなん、ちゃうの」

「もう帰ってきてるやろ。七時やで」

「そうか。ほな、持っていってあげて。今、包んだげるわ」

台所仕事の手を止め、母親は棚から弁当箱を取り出して、お重から稲荷を詰め直した。その上に念のためにと保冷剤を置き、小さな風呂敷で包む。

「時間に間に合わないかんことないし、原チャリで行ってもええ?」

「何言うてんの。夜やし、危ないよ」

「大丈夫やて。幹線道路は避けるし」

今から駅へ行き、電車と地下鉄、バスを乗り継ぐというのも億劫だった。下手をすると原付の方が時間がかかるかもしれないけれど、気楽ではある。母親とどれだけ話しても反対されるのはわかっていたので、風呂敷包みを手にすると、倉橋はするりと逃げ出した。

「祥吾!　気をつけなあかんよ!」

「わかってる」

玄関先まで追ってきた声に適当な返事をして、鍵を手に再び家を出た。原付の免許は十六になってからすぐに取った。本当は高校で禁止されているが、事故や問題さえ起こさなければOKという暗黙の了解がある。バイトして買った中古の原付は古いもので、到底格好よくはないけれど、調子はいいし、十分活躍してくれている。

ヘルメットを被り、なんとなく理解している京都の方角へ向かった。道路標識を道しるべに進み、京都駅近くまで来ると、今出川通りまで出て、東へ進む。京都の街は碁盤の目で、通りにも名前がきっちりつけられているからわかりやすい。

　倉橋は方向感覚がよく、迷うこともなく、小一時間ほどですんなりと橘田のアパートへ到着した。交通事故を心配する母親の気持ちはわかるが、こっちの方が楽だなと思いつつ、倉橋は原付をアパートの駐輪場へ停め、シートの下へしまった風呂敷包みを取り出した。

　階段を上り、橘田の部屋の前に立つと、チャイムを鳴らす前に部屋の中が暗いのに気がついた。台所が外廊下に面しており、磨りガラス越しに様子が窺える。まだ帰っていないのか。電話してから来ればよかったか。後悔を抱きつつも、奥の部屋にいるのかもしれないという期待を持って、チャイムを押す。

　しかし、案の定返事はなくて、倉橋は溜め息をついた。

「まだ帰ってへんのか…」

　携帯で時刻を見ると、八時少し前だった。九時くらいまで待ってみるか。それとも、置いて帰るか。外泊するとは聞いていなかったし、保冷剤を入れてくれていたから、深夜過ぎくらいまでは保つだろう。

　どうしようかと迷いつつ、暗い窓ガラスの向こうを窺うようにして見た倉橋は、ふと先日のことを思い出した。チャイムを押しても返事がなく留守だと思ったら、橘田は部屋の中で眠っていたのだ。まさか…と内心で笑いながらも、倉橋は何気なくドアノブに手を伸ばした。

するると。

「……」

軽い感触でノブが回り、ドアが開くのを目にして倉橋は息を飲んだ。マジで？　心の中で呟いて、そっと中を覗き見る。

狭いけれど、いつもきちんと片づけられた玄関の三和土《たたき》に、黒い革靴が一揃え、乱暴に脱ぎ捨てられていた。自分ならばともかく、橘田にはありえない行儀の悪さだ。それが不安になって、倉橋は風呂敷包みを手に部屋へ入ると、後ろ手にドアを閉め、「一真さん？」と呼びかけた。

返事はない。台所と奥の部屋を仕切る引き戸が半分ほど開いているけれど、向こうの様子は暗くて見えなかった。倉橋は靴を脱ぎ、息を殺して部屋に上がる。開けられている引き戸から奥を覗くと、窓際で横たわっている背中が見えた。

「……」

室内の電気は点《とも》されておらず、暗かったが、おおよその様子は窺える。寝転がっているのは橘田だ。そして、その格好は意外なもので、倉橋は忍び足で近づいた。風呂敷包みを畳の上へ置くと、傍らに跪き、背を向けている橘田の顔を覗き込む。

表を見ると白いシャツが光って見えた。黒いスーツに、黒いネクタイ。橘田が着ているのは礼服で、ネクタイも締めたまま、橘田はこの前と同じような苦しげな顔で眠っていた。

「一真さん」

「……っ……」

大声を出すのも悪いような気がして、そっと呼びかける。ふっと息を飲んだ橘田が眉間の皺を深くして、背を丸める。呼吸は荒く、きつく閉じられた目元には皺が浮かんでいる。倉橋は自分まで苦しくなるような錯覚がして、名前を呼ぶ声を強めた。

「一真さん」

「…っ…は……っ……」

声は聞こえているのか、橘田は小さく反応して寝返りを打つ。ごろんと転がり、倉橋の方を向いた橘田は顔を畳に俯せたまま、縋《すが》るように手を伸ばしてきた。倉橋は反射的にその手を取り、握りしめて、橘田の名前を三度呼んだ。

「一真さん。ええですか？」

橘田は倉橋の手を強く握り返してきた。恐ろしいものを見た子供が、助けを求めるように。思いがけないほど強い力に驚くよりも不安を覚え、倉橋は顔が見えない橘田の様子を心配し、一度起こした方がいいと判断した。

「一真…」

「尚徳」

起きてください…と言おうとした倉橋は、聞こえてきた名前にどきりとして声を失う。尚徳。先日も聞いたその名が、はっきりと耳に飛び込んできた。

尚徳。もう一度、掠《かす》れた声でその名を呼ぶと、橘田は倉橋の手をますます強く握りしめる。細い体軀《たいく》のどこにこんな力があるのかと思うほどだった。倉橋は微かに顔を歪め、自分の右手を握っている橘田の手に、左手を重ねた。

「……一真さん、俺です。祥吾です」

尚徳という男ではないのをわからせようと、はっきりとした声で伝える。縋ってくる橋田の手を両手で包み、倉橋は繰り返した。

「尚徳って奴じゃない。一真さん、いっぺん起きた方がええよ」

一真さん…と顔を近づけて呼ぶと、斜めに俯せた橋田の身体がびくんと震えた。倉橋の手を握っていた力がふっと緩み、するりと逃げ出していく。ゆっくりと顔を上げた橋田は、ほうと息を吐き、「君か」と小さな声で言った。

「……。なんか、飲みます?」

「……」

声には出さず、顔を動かして応える橋田を見て、倉橋は立ち上がり台所へ向かった。冷蔵庫を開け、中に入っていたガラスポットを取り出して、グラスに冷茶を注ぐ。橋田のもとへ戻ると、彼は仰向けに寝転がったまま、放心したように目を開けたままでいた。

「一真さん、お茶」

側に腰を下ろし、グラスを差し出したが、橋田はすぐに動かなかった。動けなかったのだろう。倉橋が何も言わずに待っていると、少しして、ぎこちない動きで肘を突いて上半身を起き上がらせる。胡座《あぐら》をかいて座り、倉橋からグラスを受け取って、冷茶を一息に飲んだ。

「…暑くないですか?　エアコン、つけてもええです?」

「…ああ。すまない。帰ってきて…ちょっと気分がよくなかったものだから、そのまま横に

なってしまって…」

部屋に入った時、むっとするような蒸し暑さに辟易《へきえき》したが、それよりも橘田の方が気になってそれどころではなくなった。倉橋が立ち上がり、エアコンのスウィッチを入れると、まもなくしてひんやりとした空気が流れてくる。一緒に電気も点けたかったが、なんとなく橘田が嫌がるような気がして、暗いままにしておいた。

「お代わりは?」

「…いい。ありがとう」

空になったグラスを手にしたまま、ぼんやりと俯いている橘田をしばらく眺めていたが、彼の方から何かを話し出す気配はない。倉橋は迷いを抱きつつ、答えを期待せずに問いを投げかけた。

「…誰かの…葬式…とかやったんですか?」

葬儀に出席していたのかと、低い声で聞いた倉橋に、橘田は首を横に振る。それから少し間を置いて、「墓参りだ」と言った。墓と聞いて、倉橋の頭に浮かんだのは事故で亡くなったという橘田の母親だった。

「お母さんの?」

「………いや…」

橘田はまた首を横に振り、そして、今度はその先を続けなかった。倉橋も「誰の?」とは聞けず、暗い部屋に沈黙が流れる。どうしようかと思って視線を落とすと、畳の上に置いた風呂敷包みが目に入った。

「…親戚《しんせき》のおばさんがお稲荷さんを作ってくれはったんですよ。料理上手のおばさんで。たくさんもろたんで、一真さんにもっておかんが言うんで、持ってきました」

本当は自分で持っていくと言ったのだが、小さな嘘をついた。橘田は「ありがとう」と言っただけで、倉橋の嘘には気づいていないようだった。それよりもしんどさの方が先に立つ様子だ。背を丸くして胡座をかく姿はやつれているという表現が似合うもので、倉橋は複雑な気分を抑えて橘田に言った。

「そんな格好で寝てたら、かえってしんどいですよ。服、着替えて。汗も流して、布団敷いて寝た方がええです。エアコンもつけて」

「…そうだな」

「お稲荷さん、腐るとあかんから冷蔵庫入れときます。おなか、すいたら食べてください」

手を伸ばして風呂敷包みを持ち上げ、冷蔵庫へ入れに行く。それから、引き戸の端から顔を覗かせ、橘田に「帰ります」と告げた。立ち上がろうとする彼を制し、休むように言い残して部屋を出る。

ドアを閉めると、抑え込んだ気持ちが浮かび上がってくるような気がして、眉をひそめて息を吐いた。何も言えない歯痒《はがゆ》さが確かにあるのだが、何を言いたいのかはわからない。ほんま、ややこしい。小さく吐き捨て、倉橋は足早に階段を下りた。

シートの下にしまったヘルメットを取り出し、被ろうとした時だ。バタンとドアの開く音が聞こえ、まさかと思い、ひょいと顔を覗かせる。橘田がふらふらと階段を下りてくるのが見える。

「一真さん?」

「ご…めん。言い忘れたと思って…」

「なんです?」

「お母さんに…ありがとうございましたと、お礼を言っておいてくれ」

礼服姿でよろつきながら下までやってきた橘田は、怪訝そうな倉橋に伝言を頼んだ。礼なんか言うてる場合ちゃうやろ。そんな言葉を吐き捨ててしまいたくなる衝動をこらえ、倉橋は「わかりました」と答える。

「わかりましたから、はよ、休んでください。明日も、もし無理そうやったらええですから。電話ください」

「そんなことをしたら、君を喜ばせるじゃないか」

「何言うてるんですか。俺はあんたを心配して…」

「わかってる。ありがとう」

さらりと礼で返す橘田の顔は、夜のせいか、体調が悪いせいか、いつもよりもさらに白く見えた。黒いネクタイを締めているせいもあるかもしれない。憮然とした顔で見る倉橋を気にしている様子もなく、橘田は彼が手にしているヘルメットを見た。

「…それは?」

「…ああ。原チャリで来たんで」

駐輪場に置いてある原付を指さすと、橘田はさっと眉をひそめる。大丈夫なのかと心配する様子は、小言を言う母親に似ている。

「もう二年も乗ってるし…それに結構近かったです。これからはこれで来ようかな、思てます。乗り継ぎとかめんどいし」

「めんどくさくても安全な方がいいじゃないか」

「そうですか?」

これは母親と同じ言い合いになるなと予想し、倉橋は適当な返事をして、ヘルメットを被った。原付に跨り、エンジンをかけると、心配そうな顔で見る橘田に笑って言う。

「一真さん。俺のこと心配するより、鏡見た方がええですよ」

「鏡?」

「幽霊みたいや」

橘田が怪訝な表情になるのを見て笑い、倉橋は原付を発進させた。通りに出る時、ちらりと振り返ると、ぽつんと立っている橘田がもの悲しげに見えて、胸の奥が痛んだ。幽霊みたいに顔色が悪いというだけでなくて、あんな格好をしているせいだ。橘田は一体、誰の墓参りに行っていたのだろう。聞けなかった問いを胸にしまい、蒸し暑い空気を切るようにして夜道を走った。

前夜、原付で橘田のところを訪れたのが思いの外楽だったので、倉橋は次の日も原付で出掛けた。午後二時までに橘田の部屋に着けばいいのだからと逆算し、家を出た。朝から雲一つない晴天で、燦々《さんさん》と降り注ぐ真夏の直射日光はヘルメット姿の倉橋を容赦なく攻撃した。

走っている最中はまだいいのだが、信号待ちなどで停まると汗が吹き出す。アスファルトの上は相当な高温になっており、周囲の自動車から発せられる熱気ももろに浴びるからたまらない。乗り継ぎが面倒でもバスや電車ならば、冷房に当たっている時間の方が長く、それに助けられていたのだと実感した。

汗だくになって橘田の部屋に着くと、少しだけ不安を抱えながらチャイムを押した。また橘田が倒れ込むようにして眠っていたら？　返事がなかったら、今度は迷わずドアを開けよう。そう思っていると、今日はすぐにドアが開けられた。

「あ…こんちは」

「……どうした？」

「何がです？」

「汗だくだ」

真面目な顔で指摘され、倉橋は困った気分で頭を掻いた。昨夜、橘田には危ないから公共交通機関を使うよう、言われている。母親や橘田の注意を無視し、楽な方を選んだはいいが、実は違う地獄が待っていたとは告白できず、適当にごまかして部屋の中へ入れてもらう。

倉橋が来るからと、橘田はエアコンを入れてくれていた。冷気に当たると身体がすっとする。極楽や…と呟いて、エアコンが一番当たる位置で座り込む倉橋を見て、橘田は団扇を差し出した。

「ほら」

「あ…ありがとう」

「夏の昼間に、原付で遠くまで来るのは大変だってわかったか?」

「……」

どうしてわかるのかと、倉橋が驚いた顔で見ると、橘田は周囲に原付を愛用している人間が多いのだと説明する。

「京都はちょっと中へ入ると道が狭いし、駐車場を借りるだけでも結構な金額だろう。だから、皆、自転車とか原付に乗ってるんだ」

「…ああ…そういえば、京都の街中って、ようけ原チャリ、走ってますね」

「夏は暑くて冬は寒いって、誰もがぼやいてる。短距離の移動は便利さの方が勝つけど、長距離は勘弁って人間の方が多い」

なるほど…と頷き、倉橋は橘田が貸してくれた団扇で自分を煽ぐ。冷気の下でぱたぱたと煽いでいるうちに自然と汗が引いていった。やっぱり明日からはまた電車で来よう。晴れている日はその方が無難なようだ。

「お茶、飲むか?」

「いただきます」

橋田が入れてくれた冷茶を一息で飲み干すと、身体の熱さが収まってくる。そうして、改めて橋田を見た倉橋は、彼の顔色が随分よくなっているのに気がついた。昨夜は暗闇の中で際立って見えるほど青白かったのが白い程度になっているし、目の下のくまも薄くなっている。

「まだ幽霊みたいか？」

じっと見てしまっていた倉橋は、橋田にいやみっぽく聞かれ、首を横に振った。実は根に持っているのだろうかと、気まずく思っていると、卓袱台の上に勉強の用意をしながら橋田が話す。

「あれからずっと寝てたから、少しはマシになっただろう？　稲荷寿司もいただいた。美味しかったよ」

「あー…ですよね。千里のおばさんのお稲荷さんは、ほんま美味しいんで」

ずっと寝てた…と聞いても、倉橋が目にした橋田の寝姿は苦しそうなものばかりで、素直によかったとは思えなかった。それでも体調が改善されているのは明らかなようで、ほっとしつつ、卓袱台の前に座った。

橋田はいつも通り淡々としていたが、一昨日みたいな危うさはなくなっていた。体調が回復したというだけでなくて、精神的にも何かが吹っきれたような感じを受けた。どういうことなのか、倉橋はわからないながらも、目の前にいる橋田が元気そうな様子に安堵感を得て、ぼちぼち勉強をこなした。

八時過ぎに橋田から今日はここまでにしようという声が聞かれ、倉橋はぐったり疲れて勉強道具をしまった。一昨日もその前も。調子が悪そうだった橋田はぼんやりとしていたりして、倉橋としては結構気が抜けてよかったのだが、回復した今日はぎりぎりと絞られた。へとへとになって部屋を出ると、駐輪場のところまで橋田もついてきた。

「一真さん、またコンビニですか？」

「いや。まだ稲荷寿司が残ってるから。あれをいただくよ」

「まだ…って、そんなになかったでしょ？」

「そんなことないぞ。結構、たくさん入ってた」

「あんなん、俺、おやつですよ？」

そんな小食だから体調を崩すのだと言う倉橋に、橋田は怪訝そうに首を傾げる。やはりまともなものを食べさせなくてはいけないと強く思い、倉橋は「明日」と口にした。

「勉強終わったら、俺が何か作りますよ。何がええです？」

「何って…」

「じゃ、俺の得意なやつで……お好みでええですか？」

戸惑った様子の橋田が断ってこないうちに、一方的に約束をまとめた。ほな、材料買《こ》うてきますから。口早に言って、ヘルメットを被ってしまうと、原付に跨る。何か言いたげな橋田に手を振り、さっと走り出した。

橋田は自炊をしないと言っていたし、その気配もまったくなかったから、何もないに違いない。倉橋は翌日、お好み焼きを作るための材料だけでなく、油や調味料まで持っていった。それは正解で、橋田の家には包丁さえもなかった。

「マジで？」

「だから、借りてきた。…包丁とまな板と…フライパンとボウルと、…これはなんて言うんだ？　返すやつ」

「フライ返しですね」

部屋を訪ね、持参した材料を冷蔵庫へ入れる際、橋田に調理用具を借りてきたから見て欲しいと言われた。彼が広げた紙袋には様々な調理用具が入れられており、一つずつ台所の作業台の上へ置きながら、確認する。

「こんなもんでいいのか？」

「…なんとかなる、思いますけど…。誰に借りてきたんです？」

「ゼミで…助手をしている人だ」

橋田の説明は短く、それがどの程度のつき合いの相手なのかはわからなかった。名前も、性別も。それでも、なぜか倉橋の頭には「尚徳」という名前が浮かんだ。橋田は自分に「尚徳」と呼びかけたのを覚えているのだろうか。

それが誰なのかも、聞けていない。聞けないのは……なぜだか、怖いような気がするからだ。尚徳って誰ですか？　そう聞いた時の橋田の反応を恐れている。調理用具を借りた相手について、その場では詳しく聞けないまま、勉強に取りかかった。

　頭に余計な思いがひっかかっていたせいか、いつも以上に集中できなかった。凡ミスを連発し、指摘されるたびに大きな溜め息をついてやり直した。そんな倉橋に諦めをつけたのか、橋田は七時過ぎに終わりにしようと言った。

「お好み焼きが気になるのか？」

「いや…そういうわけちゃいますけど…」

　曖昧《あいまい》にごまかし、橋田の気が変わらないうちに急いで勉強道具をしまい、台所に立つ。料理が特別好きなわけじゃないが、勉強よりはずっとマシだ。手際よく準備を始める倉橋を、橋田は興味深げに側に立って眺めていた。

「珍しいですか？」

　その視線は興味深げなもので、倉橋が苦笑して聞くと、橋田は真面目な顔で頷く。

「お好み焼きができる工程を見るのは初めてだ」

「ほんまに？　店とかでも自分で焼きますやん」

「そういう店に行ったことがない」

　橋田は生まれ育ちは東京だが、京都には三年以上いるはずなのだ。本場ではなくとも、お好み焼きの店は京都に多くある。一度も行く機会がなかったという方が驚きだ。

「大学の連れとかから誘われたりしませんか？　関西の奴も多いでしょう」

「大学内に友人はほとんどいないんだ」

「……」

さらりと言ってのける橘田を、倉橋は目を丸くして見た。橘田の顔は普段と同じく無表情で、恥ずかしがっている様子も、悲しんでいる様子もない。それが当たり前だというような態度は、開き直っている感じもしなかった。

「…これを借りた人は？」

手にしていた包丁を翳《かざ》して聞くと、橘田は「助手の小柳《こやなぎ》さんだ」と言う。お好み焼きを作るにはどういう器具が必要なのか、またそれはどこに売っているのかと尋ねたら、一回きりのために買うなんてもったいない、貸してあげると言われたのだと説明した。

「……女の人…？」

「ああ」

ふうん…と頷き、倉橋は内心で「尚徳」ではないのだと思った。それが意味ありげに見えたのか、橘田がつけ加える。

「特別な関係とかじゃないぞ。誰にでも親切にしてくれる人なんだ」

「…一真さん、彼女は？」

即座に首を横に振る橘田は、友人がいないと言った時と同じような顔をしていた。つまり自分が孤独であると告白しているにも拘《かか》わらず、そこにはなんの感情も見られない。寂しさも、悲しみも、心底では欲しているのだという隠れた望みも。

刻み終えたキャベツをビニル袋に入れておき、葱《ねぎ》に取りかかる。さくさくとリズミカルに切っていく倉橋を見て、橋田は感嘆する。

「うまいな。そんなに早く切って、指を切ったりしないか?」

「慣れですよ。…一真さん、格好いいのに。その気になったら彼女なんか、すぐにできますて。由衣かて、一真さんのこと、美形や言うてますよ」

「まさか」

とんでもないというように首を振る橋田は、どういう意味で否定しているのだろうか。尚徳という名前や、橋田の無意識の行動が、頭の中に色濃く残っている倉橋は、つい穿《うが》った見方をしてしまいそうだった。

デリケートな問題でもある。あまり考えないようにしよう。そう決めて、倉橋は機械的にお好み焼きを作っていった。粉を溶き、擂《す》り下ろした山芋《やまいも》と卵を入れて混ぜる。そこへ刻んだ野菜を混ぜ、タネを作る。熱したフライパンにタネを流し入れ、焼け具合を見て、その上に豚バラを載せた。

「…ほんまはホットプレートみたいなんで焼くと、綺麗に焼けるんやけど…。時間はかかりますけどね」

火加減を調整し、焼き上げたお好み焼きを皿へ載せる。お好み焼きに合うような大皿も、親切な助手が貸してくれたものだった。二枚目を焼く準備をしながら、出来上がったお好み焼きにソースを塗り、青のりをかけて、鰹節《かつおぶし》を散らす。マヨネーズと小皿を添えて、卓袱台へ運んだ。

「一真さん、先に食べて。俺、もう一枚、焼きますから」

冷めてしまうからと言って、遠慮する橘田を座らせた。いただきますと手を合わせ、神妙な顔で食べ始めた彼は、一口食べて「美味い」と言う。

「ほんまに？　よし！」

「…なんか、前に食べたものよりずっとふわふわしてて…本当に美味しい」

「限界まで野菜を多くして、粉少なめにしてるんですよ。その方がふわふわになるんで」

台所から部屋の方を覗いて、橘田の反応を見ながら、倉橋は二枚目のお好み焼きを仕上げた。自分の分であるそれを卓袱台へ持って行き、橘田と向かい合わせに座って食べる。

「自分で言うのもなんやけど、うま。ほんま、俺、天才やな」

「自画自賛したくなる意味もわかる」

「いや、でも、俺の連れとか、皆、この程度に作れますもん。ほんまは普通なんですよ。一真さん、よう知らんから騙《だま》されてるんや」

「いや、そんなことはないだろう」

橘田が真剣に誉《ほ》めてくれるものだから、照れくさくなってしまう。まるで、美味いものを初めて食べたというような反応は、逆に橘田の食生活が貧しいものであるのを教えていた。

「一真さん、もうちょい、まともなもん、食うた方がええですよ。普段が忍ばれますわ」

「君のようにあんなに手際よくできたらいいんだろうが…。俺がこれを作ろうと思ったら、おそらく五倍は時間がかかるし、こんなふうにはできない」

「不器用…なんですか？」

「そうなんだろうな。人間、向き不向きがある」

橘田の言葉は真理でもあって、倉橋は大きく頷いた。確かに、自分だってもっとたくさん勉強した方がいいと橘田に言われたら、うんざりして途方に暮れるだろう。

二人してお好み焼きをぺろりと平らげ、倉橋が片づけも買って出た。橘田はそのままでいいと言ったのだが、料理が苦手で台所に立たない橘田が片づけが得意だとは思えない。手際よく、全部綺麗に洗い、シンクの傍らへ並べておく。

「朝までには乾くやろし、返しておいてください」

「悪いな。ありがとう。助かった」

九時近くなっている時計を見て、橘田は早く帰るよう、倉橋に言った。今日はもう夕食を済ませたので、橘田がコンビニへ行く必要はない。玄関先で別れるつもりだったが、橘田はバス停まで送ると言ってついてきた。

「夜やいうのに暑いですね。暗なっても、気温が下がらへん」

「今はお盆前で一番暑い時期だろう。お盆が過ぎたら少しはいいんじゃないか」

「盆か。盆休み、あります？」

「いるのか？」

受験生に。真面目な顔で聞き返され、倉橋は視線を外して小さな声で「いいえ」と答えた。どうしてこんなクソ真面目なんやろ。そう思ってから、それが原因なのではと気づく。

「一真さん、真面目すぎるん、ちゃいますか? せやから、周りのもんも一真さんによう声かけられんとか。もうちょいくだけたら、連れもできますって」

「そうかもな。…まあ…俺自身が人づき合いを避けるようにしているところもあるんだ」

「…どうして?」

声を潜めて聞いた倉橋に、橘田は答えなかった。最初は何も話さない橘田のことをおかしいとさえ思っていたし、彼に勉強を習うのも億劫だった。けれど、今は違う。確かに橘田は真面目すぎるところがあるけれど、一緒にいて嫌な気分になる相手じゃない。

勉強の教え方はとてもうまいし、何気ない会話でも橘田なりの気遣いがこめられている。賢いから雰囲気を読むのも、先を察するのもうまい。なのに、橘田自身が人づき合いを避けるようにしているというのは…。

父親が苦手で、話したくないと橘田は言う。それはおそらく、彼が母親を目の前で亡くしているのが原因しているのだろうと、以前想像したのを思い出した。橘田には確実になんらかの影があり、それが人づき合いを避ける原因なのか。

重い雰囲気になってしまったのを破るように、倉橋は少しふざけた調子で尋ねる。

「俺は…ええんですか?」

自分とこういうつき合いをしているのも、実は橘田にとっては重荷なのだろうか。そんな恐れも少しだけあった。また橘田は答えないかもしれないと思ったが、想像しなかった答えが返ってきた。

「君は特別だから」

「……」

橘田がどういう意味をこめて言ったのかはわからなかったが、どきりとした。特別。隣を歩く橘田をじっと見つめると、彼は前を向いたまま続ける。

「君が義弟だという意識はどうも持てないんだが…、戸籍上は義理の弟だからな。俺にとっては特別な相手だ。君だけじゃない。君のお母さんも、由衣さんも、特別だよ。君たちには世話になっているんだという自覚がある」

「いや…。俺の方が一真さんに世話になってるんやし、うちのおかんや由衣なんか、何もしてませんよ?」

「父を支えてくれている。……俺にはできないことだ」

橘田の答えを聞き、倉橋はそうかと思った。改めて、橘田の人となりがわかった気がする。この人は本当に真面目な人なんだ。なんでも自分の定規で測ってみて、納得できるかできないかをきちんと見定め、自分なりのやり方で慎重に捉えているのだ。

けれど、それは時にしんどいことでもある。橘田が不眠症であるのは様々な要因が影響していて、彼にとっての毎日は、自分のそれよりもずっと大変なのかもしれないと、ぼんやり思った。

今出川通りへ出ると、ちょうどバスが行ってしまうのが見えた。バス停の前に橘田と並んで立ち、次に来るバスを待つ。特別。橘田の口から聞いた言葉が心を響かせたままで、何も言えなかった。

マンションの高層階で暮らすのには長所短所があるが、その中でもこれは特にだと思い、外へ出た倉橋はどんよりとした空を見上げた。

「降るかな…」

家を出る時は大抵急いでいるので、外の様子を窺う余裕はない。だから、誰かに傘が必要だと言われたり、たまたま天気予報を目にしたりした時でなければ、持っては出ない。外へ出て明らかに降っていれば、諦めて傘を取りに戻るのだけど、微妙な天気の場合が問題だ。一戸建て、もしくは低層階に住んでいればすぐに取りに行けるだろうが、高層階の場合、エレヴェーターを待って…となると、時間も結構かかる。

「なんとかなる」

降り出しそうではあるが、まだ降っていないのを見て、倉橋は傘を持たずに駅へ向かった。駅までは自転車だし、もしも降ってきたとしても急いで走れば大丈夫だ。多少、濡れたところで気にもならない。

しかし、京都駅は雨の匂いがして、地下鉄の駅を上がったところではすでに降り出していた。降ってはいてもさほど強い雨脚ではなかったので、濡れるに任せ、バスを待った。そして、バスに乗り込みほっとしたのも束《つか》の間《ま》、見る見る間に雨が激しくなり、雷まで鳴り出した。

「マジかよ…」

車窓から外を眺めても、街の景色がぼやけて見えない。着くまでにやまないかと願ったが、そんな長い距離じゃない。北白川のバス停に着いても雨の勢いはまったく衰えておらず、それどころか、増していた。

降りる客は倉橋一人で、傘を持ってない彼を運転手が気の毒そうに見る。「ええですか？」と気遣ってくれる運転手に愛想笑いで答え、思いきってバスを降りた。バス停から最寄りのコンビニまでは結構な距離があり、橋田の部屋へ向かった方が早いと判断する。黒雨の中を駆け抜け、橋田のアパートに着く頃には、倉橋はびしょ濡れになっていた。

「…っ…はあ……」

軒先に入り、荒い呼吸を整える。脚を緩めず、猛ダッシュしてきたせいで、息が上がっている。それに回復は不可能なほどの濡れようだ。とりあえず、橋田にタオルを借りようと思い、階段を上がって、二階の部屋を訪ねた。

「傘持ってなかったのか？」

チャイムを鳴らし、ドアを開けた途端、橋田が唖然《あぜん》として聞いてくる。倉橋は笑ってごまかしつつ、タオルを貸してくれるよう求めた。

「これじゃ、拭いたところでどうにもならないだろう。着替えを貸すから、シャワーを浴びたらどうだ」

「でも…」

「そんなびしょ濡れの状態じゃ勉強どころじゃない」

橘田が言うのも納得できて、倉橋は恐縮しながら風呂を借りた。橘田が暮らすアパートは古いものだが、トイレと風呂が別になっている。ただ、狭いから脱衣場などはなく、台所の隅で服を脱ぎ着しなくてはならない。目隠しのために天井からカーテンがぶら下げられており、その内側で濡れた服をすべて脱いでしまうと、倉橋は浴室へ入った。

一人入るのがやっとな小さな浴槽の横に、これまた猫の額ほどの洗い場があり、シャワーがついている。橘田らしく、綺麗に掃除されており、古いながらもとても清潔だった。髪も絞れるくらい濡れていたので、シャンプーし、ざっと身体を洗い流して湯を止める。ドアを開けると、橘田が待ち構えていたみたいにカーテンの向こうから手だけを出して、バスタオルを渡してきた。

「ほら」

「あ…ありがとうございます」

それを受け取り、身体を拭いてから、橘田が敷いてくれたバスマットの上へ足を乗せる。頭からタオルを被り、ごしごしとこすってから、倉橋はカーテンを開けた。

「……」

裸だったけれど、男同士だし、恥ずかしいと思うような質でもない。倉橋にしてみれば何気ない動作だったのだが、目の前に立っていた橘田は驚いたように目を丸くし、すっと顔を背けた。

「あ……すんません…」

「…これ。俺のだから、小さいかもしれないが、着られないことはないと思う」

橘田は手にしていた着替えを倉橋へ押しつけるようにして渡し、すっと奥の部屋へ消える。

それを見て、倉橋は複雑な気分で小さく息を吐いた。なんとなく抱いている疑惑が浮かび上がってきて、困惑してしまう。

下着までは濡れていなかったので、自分のトランクスを穿き、橘田が貸してくれたTシャツとハーフパンツに着替えた。考えて選んでくれたようで、ジャージ素材のハーフパンツもTシャツもなんとかサイズが間に合った。それでもめいっぱい布地が伸びているような気がして、駄目にしてしまわないかと心配になる。

「…あの……」

「…どうだ?」

引き戸から顔を覗かせると、橘田は卓袱台で分厚い本とレポート用紙を前にしていた。伸びてしまうかもしれないと詫びながら姿を見せると、一瞬、目を見開いた後、微かに首を傾げる。

「そのハーフパンツはサイズを間違えて買ってしまって…俺には大きすぎたんだが。君には小さいな」

「一真さん、背は結構ありますけど、痩《や》せてますからね」

「君は何センチ?」

「八十…三やったかな」

「ああ……やっぱり」

大きく頷く橘田を見て、倉橋は小さな違和感を覚えた。似た体型の相手を知っていると言いたげな口調だったし、橘田の目も自分と誰かを重ねて見ているように感じられる。なぜだろうと思いつつ、橘田の前に腰を下ろした。

「家を出る時は降ってへんかって。いけるかな、思たんですけどね。あきませんでした」

「今日は午後から雷雨になるって天気予報でやってただろう」

「そうなんですか? 出る時、誰もいてへんかったから教えてくれへんかったし、起きたんも昼前で…天気予報とか見てませんでした」

「帰る時は傘を貸すから」

世話をかけて申し訳ないと詫び、倉橋は勉強に取りかかった。窓の向こうから雨の音がする。強くなったり、弱くなったり。夜のように暗く、時間がわからない。橘田に言われるまま、問題を解いたり、説明を聞いたりしているうちに、遠くから雷の音が響き始めた。

「雷、鳴ってますね」

「そうだな。……ああ、もう八時だ。今日は終わりにしようか」

橘田の声を聞き、時計を見ると、いつの間にか八時近くになっていた。荒天のせいで暗く、午後からずっと電気を点けていたから、夜になったのにも気がついていなかった。勉強がお開きになるのは倉橋にとってはいつだって喜ばしく、いそいそと用具をしまったものの、外から聞こえてくる雷雨の音が気になる。

「えらい降ってんなあ」

「雷も近づいてきてるみたいだな」

カーテンを捲《めく》り、窓の向こうを見るとぴかりと稲妻が走るのが見える。まもなくして、ゴロゴロと腹の底に響くような音が鳴った。光ってから音が鳴るまでの時間が短いほど、雷雲が近くにある。

雨はともかく、雷が収まるまでしばらく出るのを待とうかと、橘田が倉橋に持ちかけようとした時だ。光と音が同時に来た。ドカンと身体が震え上がるような雷鳴がするのと同時に、バチンと何かが切れる音がして明かりが消える。

「っ…停電…?」

「みたいだな」

真っ暗になった部屋の中で、倉橋は立ち上がり、窓ガラスに顔を近づけて外の様子を窺った。雨がまだ酷くよくは見えないが、周辺の明かりも消えているようだ。橘田は暗闇の中を台所へ行き、棚から懐中電灯を取り出した。

「ブレーカーを上げればいいとか、そういう問題じゃないよな」

「やってみます?」

橘田が点している懐中電灯の明かりを頼りに、倉橋も台所へ様子を見に行った。台所の壁に設えられているブレーカーを橘田は触ろうとしたが、天井近くに取りつけられたそれにわずかに届かない。

「俺、やります」

倉橋は橘田の背後に立ち、ひょいと手を伸ばした。倉橋には苦にならない高さで、レバーを上げ下ろしする。しかし、変化はなく、やはりこのあたり一帯への電気の供給が止まっているのだろうと思われた。

「あかん。ブレーカー、ちゃいますね。しばらく待ちましょか」

「……」

「一真さん?」

目の前にいるのに橘田が返事をしないのを不思議に思い、倉橋は下を向いて名前を呼んだ。俯いた橘田の後頭部が見える。彼が手にしている懐中電灯にぼんやりと照らされた身体は、痩せていると思っていたけれど、間近で見ると、意外にしっかりしたものだとわかった。

少しして、橘田は掠れた声で「ああ」と返事した。緊張が混じった声色を聞き、倉橋はすっと足を引いて橘田から離れる。無意識だったが、触れられそうなほど近くにいたのがいけなかったのだと、なんとなく感じられた。

「…すんません…」

「…雨も酷いし、道路も信号が止まったりしてるかもしれない。しばらく出るのを待とう」

詫びる倉橋に、橘田はいつも通りの口調で返した。懐中電灯を手に、奥の部屋へ移動する。

卓袱台を挟んで腰を下ろし、叩きつけるような雨音を聞きながら、復旧するのを待っていたがなかなか電気は点らなかった。雷もまだごろごろと不気味な音を響かせている。

「…雷がやむまで、止めておくつもりなんやろか…」

「そうかもしれないな。作業が必要な状態なのだとしたら、やむまでは取りかかれないだろうし…」

「電気ないと、ほんまに何もできませんね」

ふう…と溜め息をつき、倉橋は畳の上に寝転がった。午後からずっと座りっぱなしで勉強していたせいで、いい加減、座るのに疲れていた。橋田に行儀が悪いと叱られるかもと思ったが、彼も同じように感じていたらしく、卓袱台を挟んだ反対側で寝転がる。

「これだけ雨音が激しいと逆に静かに感じるな…」

「わかる。なんか、閉じ込められてるみたいやんな」

「実際、君は足止めを食らっているし」

閉じ込められているのと同じだな…と言い、橋田は息をついた。倉橋が卓袱台の下から覗くと、仰向けになって天井を見つめている橋田の横顔が見える。自分の視線に気づいていない様子の橋田を見つめながら、さっき気になったことを聞いてみた。

「一真さん、なんか、スポーツとかやってた?」

「どうして?」

「…いや…なんとなく…」

「剣道を…やっていた。大学に入ってからも続けていたが、二年でやめた」

剣道というのは橋田のイメージにぴったりだ。なるほど…と頷くと、逆に尋ねられる。

「君は？」

「中学からずっと、バスケ。五月で引退したんやけど」

「……バスケか…」

掠れた声で繰り返し、橋田は目を閉じる。盗み見ている彼の顔が、どこか寂しげな気がして倉橋は胸騒ぎのような、もやもやとした思いに囚《とら》われた。バスケに嫌な思い出でもあるのだろうか。疑問に思っても口には出せず、じっと橋田を見ていた。

暗闇の中ですることもないのだから、いろいろと聞いてみればいいと思いながらも、倉橋は何も口に出せなかった。橋田に関する疑問はたくさんある。尋ねてみたいことも、たくさんある。なのに、間近にいる当人に問いかけるのが躊躇われる。

自分らしくない。答えてもらえなかったとしても、気まずい空気が流れたとしても、適当にごまかす術はいくらでも持っているのに。橋田に対してはどうしても構えてしまう。

彼が「特別」だから？　そんなことを考え、ぼんやりしていた倉橋はじっと見ていたはずの橋田が様子を変えているのにはっとした。懐中電灯の明かりしかないから、はっきりは見えないが、いつの間にか橋田は目を閉じている。

「……一真さん？」

呼びかけてみたが返事はない。上半身を起こし、卓袱台の上から覗き込んでみると、橋田はやはり目を閉じており、眠っているようだった。

「…不眠症、言うてたやん…」

眠るのが苦手だとも。なのに、こんなに呆気なく眠りに落ちてしまうなんて、ありえないと思いつつ、橋田の寝顔を見つめていた。真ん中に置かれている卓袱台を邪魔に感じ、そっと持ち上げて部屋の隅へと移動させる。

そんな気配にも橋田は気づかず、起きたりしなかった。仰向けになって、右手を腹の上へ、左手を横へ投げ出し、眠っている。倉橋は胡座をかいて橋田をしばらく見下ろしていたが、ふと思い立ち、腰を上げた。

停電のためエアコンは切れているが、大雨のせいか、気温が随分下がっていた。眠ってしまった橋田が寝冷えたりしないよう、何かかけられるものを探して押し入れを開ける。初めて開けた押し入れは、橋田らしくきちんと整頓《せいとん》されており、一番上に置かれていたタオルケットを手に取った。

それを橋田にかけてやり、倉橋は彼の横に寝そべった。雨はまだ降っている。雷は少し遠くなっただろうか。家に帰ることなんて、いつの間にか頭から消えていた。

橋田の寝姿を眺めながらいろいろ考えているうちに、いつの間にか眠ってしまっていた。どれくらいの時間が経ったのか、目覚めた倉橋はさっぱり見当がつかなかった。もしも、その音がなければ朝まで眠っていたかもしれない。

「…っ…ふ…」

倉橋を起こしたのは橋田の呻き声だった。すやすやと寝息すら立てずに寝ていた橋田が苦しんでいるのに気づき、倉橋は肘を突いて上半身を起こした。またかという思いを抱き、自分に背を向けている身体に手をかける。

「…一真さん」

眠りながら苦しむ橋田を見るのは三度目だ。驚くほどすとんと眠りに落ちた橋田は、寝息すら立てていなかったのに。悪い夢を見ているのだろう。覗き込んだ橋田の顔は辛そうに歪み、息も荒かった。

「一真さん、なあ、起きて」

一度起こした方がいいと思い、声をかけた時だ。肩にかけた手を橋田がぎゅっと握りしめてきた。強い力で縋ってくる橋田に戸惑っていると、ごろりと寝返りを打った橋田に抱きつかれる。

「っ…」

橋田が無意識でやっているのはわかっていた。普段の彼からすれば、考えられない行動だ。必死でしがみつくようにして胸に顔を埋《うず》める橋田の身体は震えている。倉橋は困惑しつつも、橋田の背に手を回し、恐る恐る受け止めた。

「…一真さん…」

「は…っ……」

「大丈夫やから。…俺、いるし。大丈夫やから…」

どうしたらいいのかわからないまま、倉橋は腕の中で震える橋田に話しかけた。怖がっているのだ。そう思って、安心させるために縋る橋田の身体を抱きしめ、繰り返し、大丈夫だと言い聞かせる。

橋田はどんな夢を見ているのだろう。普段はあんなに毅然としている橋田が、こんなにも…子供のように震えなくてはならない夢なんて。考えるだけで恐ろしくなって、抱きしめる腕に力をこめる。

「一真さん…」

心配と慈愛をこめた声で名前を呼ぶ。橋田は倉橋の背に回した手で、彼が着ているTシャツを強く握りしめた。

「…尚徳……、…尚徳…」

「……」

くぐもった声だったが、はっきりとその名は聞き取れた。また「尚徳」だ。倉橋は微かに眉をひそめ、「俺だよ」と低い声で伝える。

「尚徳って奴じゃない」

はっきりと否定したが、橋田には届かないようだった。尚徳とまた口にして、橋田は倉橋の首筋に唇を寄せる。

「…っ…?」

柔らかく濡れた感触がなんなのか。倉橋はすぐにわからなかった。橘田が何をしているのか、理解するのと同時にもしかしてと抱いてきた疑惑が真実に変わる。尚徳というのは橘田の恋人で、彼はゲイなんじゃないか。それは倉橋にとって躊躇うべき考えだったから、見ないように胸の奥へしまっていた。

温かな唇が首筋を這《は》い、耳元へと上ってくる。尚徳。掠れた声が名前を呼ぶ。

「…怖い……」

「……」

怖いと繰り返し、橘田はますます力を強めてしがみついてきた。倉橋は酷く混乱しながらも、震える橘田を抱きしめ返した。夢にうなされ、怖がる橘田を尚徳という男がどうやって宥めていたのか、想像するのはたやすかった。

「一真さん」

目を覚ましてくれと願い、橘田の名前を呼んだ。縋る橘田を突き放すことはできなくて、ただ、彼が現実に返ってくれるのを願う。

そして同時に、倉橋の頭にはある考えが芽生え始めていた。自分でも橘田を宥められるだろうか。橘田が顔を動かし、唇を重ねてくる。受け止めた口づけは、それまでのどのキスよりもせつなく、心に響くものだった。

「……っ…」

倉橋が応えてやると、橘田は夢中になって求めてくる。深く、淫《みだ》らな口づけに倉橋もすぐに溺《おぼ》れた。いけないことをしているという意識はあった。けれど、皮肉にもそういう意識が倉橋の身体を熱くさせた。

抱き合い、繰り返し口づける。抱きしめていた橘田の身体を畳の上へ転がし、覆い被さるようにしてキスをした。欲望はどんどん大きくなり、倉橋の視界を塞ぐ。自分が何をしているのか見えず、後のことなど考えられなかった。

長いキスに終止符を打ったのは、橘田の方だった。

「……」

熱心に求めてきていた橘田がふいに口を閉じたのに気づき、倉橋が顔を上げると、間近にある目が大きく見開かれていた。その表情は驚きに満ちており、キスをしていた相手が倉橋だと、気づいていなかったのを教えていた。

「……な……んで……」

「……」

どう言えばいいかわからず、倉橋は小さく息を吐いて、橘田の上から退く。隣にごろりと寝転がり、天井を睨《にら》んで言葉を探した。

寝ていたところを橘田の呻き声で起こされ、彼の様子を窺うのに気を取られていたが、いつの間にか停電が終わり、電気が点っている。雨もやんだようで、なんの音もしない。橘田が起き上がる気配がして、視線を向けたが、顔を背けているせいで表情は見えなかった。

「……俺が……したんだよな?」

確認するように聞いてくる橘田は、自分から仕掛けた心当たりはある様子だった。けれど、はっきりとした記憶はないに違いない。倉橋はなんとも言えず、よっと声をかけて起き上がる。

「尚徳て、誰?」

「……」

聞きたくても聞けなかったけれど、橘田とキスをしたことで何かが吹っきれていた。尚徳というのが誰で、どういう関係であるのか。それをはっきりさせなくては、自分の足場が作れないような気がした。

橘田は答えず、倉橋から顔を背けたままでいた。簡単に答えられるような相手ならば、夢の中で名前を呼んだりしないだろう。問い詰めるのはやめて、倉橋は腹が減ったから何か食べに行こうと持ちかけた。

「……君は…帰らないと…」

「一真さん、何時かわかってへんの?」

見いやと時計を指され、振り返った橘田は時刻が二時を過ぎているのを見て、小さく息を吐いた。倉橋に促され、用意をして部屋を出る。大雨の後であるせいか、空気が澄んでおり、蒸し暑さも消えていた。

「ファミレスとか、牛丼屋とか…。二十四時間のとこ、ある?」

「向こうに」

橋田の案内で歩き始め、住宅街から通りへ出ると、遠くに光る看板が見える。深夜でも車が行き交う通りを眺めながら、並んで歩道を歩く。橋田は何も言わない。酷く戸惑っているのは手に取るようにわかるが、それはお互い様だ。

気まずい沈黙があっても、倉橋は橋田から離れようとは思わなかった。それどころか、明確な思いが心に生まれていた。この人には側にいる人間が必要なんだ。橋田に言われた「特別」という言葉が、耳の奥に甦った。


夜が明け、始発過ぎのバスで帰るために部屋を出る時、橋田が意を決したように言った。

「君が嫌なら、もう来なくてもいいから。お母さんには俺からうまく話しておく」

自分の目を見ず、俯き加減で言う橋田に、倉橋は「なんで？」と聞き返した。答えられない橋田を部屋に置いて、一人でバス停へ向かった。朝陽を浴びて走るバスに乗り、地下鉄と電車を乗り継いで、通勤客と逆送するようにして駅から家へ戻ると、出勤しようとしていた母親と出会した。

「どこに泊まってたん？　一真さんのとこ？」

「ああ。雷、ひどうて。停電してん」

「そういや京都の方、酷かった言うてたわ。一真さんにお礼言うた？　迷惑かけるようなこと、せえへんかったやろね」

「ああ。大丈夫やて」

適当にあしらい、仕事に行く母親を見送ってから、部屋で眠った。夜中に起こされ、橘田とキスをした後、食事に出掛けた。ろくな会話もなくて、居心地は悪いはずなのに、緊張が解けたような、不思議な感覚があって朝まで眠らなかった。

たぶん、何かが変わったのだ。橘田と一緒にいて、聞けない問いが溜まり、胸の内側をひっかかれるような小さな傷が心にいくつもできた。だが、それらによる痛みをまったく感じなくなっているのは、自分の有り様が変わったからに違いない。

それを確かめたくて、倉橋は昼過ぎまで眠った後、再び橘田のところへ出掛けた。橘田はとても驚いていたけれど、何も言わず、いつも通りに勉強を教えてくれた。

「…じゃ、今日はここまでにしようか」

橘田が必要以上に「いつも通り」に振る舞っているのを、倉橋も感じていた。八時前、橘田の声を受け、卓袱台に広げた参考書をしまい、帰る支度をした。橘田は話しかけられる隙を見せないよう、倉橋を避けて動いていた。そして、玄関先で「気をつけて」と言う橘田に、倉橋は溜め息をついて、「コンビニは?」と聞いた。

「今日はいいんだ」

「明日も?」

「……」

勉強を教えている間は以前と同じようにしていたくせに、バス停までは行けないという橋田の態度に苛《いら》つく。自分の仕事は勉強を教えることで、それだけは義務としてやるけれど、それ以上は無理だというのか。

「中途半端な真似、しなや」

「…何を…」

「嫌なら嫌、言うたらええやん。もう教えられへんて、言うたらええやん。それとも、俺のせいにせな、気が済まへんのか」

「そういうわけじゃ…ない」

「せやったら、コンビニも行けるやろ?」

いやみっぽく言うと、橋田はむっとした表情になり、正面からまっすぐ倉橋を見据えた。昨夜からずっと視線を避けられていたので、久しぶりに橋田の目を見る気がする。倉橋はふんと鼻先から息を吐き、玄関のドアを開ける。外に出ると、まもなくして橋田も出てきた。

涼しかった昨夜とは打って変わり、日が沈んだというのにむっとするような暑さだ。遅れて歩く橋田に合わせるため、歩調を緩める。並んで歩きながら、倉橋がきつく言いすぎたのをどう謝ろうか考えていると、橋田の声が聞こえた。

「…申し訳ないと思ってる。俺が全部悪いんだ。昨夜のことは忘れてくれ」

低い声だったが、内容ははっきりと倉橋の耳に届いた。初めて橋田に会った時、「よろしくお願いします」と機械的に言われたのを思い出し、倉橋は眉をひそめて隣を見る。橋田は自分を見ておらず、俯き加減で前を見ていた。

「嫌や」

きっぱり拒絶してやったら自分を見るだろうか。そんな賭《か》けもあったが、橘田はわずかに顔を強ばらせただけで、倉橋の方は見ない。硬い横顔をじっと見つめたまま、倉橋は忘れるつもりはないと告げた。

「どんなことでも、なかったことになんかできへん。ゲームとちゃうで。リセットなんか、できひん」

「……」

「忘れた振りして、なかったことにして…。そんなことしてたら、どっか歪む。結局、最後は全部失うんや」

橘田は無言のまま、倉橋を見なかった。前を見たまま歩き、バス停に着く。二人で並んで待っていると、まもなくしてバスがやってきた。何を言っても返ってこない気がしたから、倉橋は橘田に声をかけず、バスに乗り込んだ。

いつものようには見送ってはくれないだろう。車両の中ほどまで歩き、橘田が帰っていく姿を見る覚悟を決め、車窓を覗いた。すると、倉橋の予想を裏切り、橘田はバス停のところに立っていた。

じっと自分を見据えている。苦しげな顔で、見つめている。その顔を見た途端、倉橋はたまらなくなって、閉まったばかりのドアへ駆け寄った。大声で運転手に呼びかけ、忘れ物をしたから降ろして欲しいと訴える。すぐに開いたドアから飛び降りると、驚いた顔で自分を見ている橘田の側に歩み寄り、彼の手を強引に取った。

「…ど…うした…?」

「……」

自分が帰ったら、きっとこの人はまたうなされながら眠るに決まっている。そんなことは絶対させられないと、強く思った。


アパートへ着くまでの間、橘田に何度も手を放すよう言われたが、倉橋は無視して歩き続けた。来た道を足早に戻り、アパートの階段を上がる。渋る橘田から鍵を取り上げ、自分で玄関を開けて、彼を中へ押し込んだ。

「っ…。な…にを……」

険しい表情を浮かべ、振り返る橘田を抱きしめる。すっと息を吸う音が倉橋の耳にも届いた。腕の中で橘田の身体が硬くなるのを感じながら、彼の耳元に低い声で言う。

「俺がおるから」

「……」

それがなんの意味があるのかと聞かれれば答えようがなかった。橘田にしてみれば自分など、本当は取るに足らない存在だろう。特別だと言ってくれたけれど、それは縁戚関係にあるからだ。もしも、義弟として知り合ったのでなければ、必要のない存在として見向きもしてもらえなかったに違いない。

「放せ」

強ばったままの身体で、橘田が命じる。弱々しさなどない、はっきりとした声だった。倉橋は応じるつもりはなく、無理矢理彼の唇を奪った。

「……っ……」

強引な口づけは昨夜のような濃厚なものではなかった。嫌がる橘田を押さえつけ、避ける彼の頭を摑んでキスを重ねる。抵抗する橘田が玄関の段差に躓《つまず》いてバランスを崩すと、倉橋は咄嗟に彼の身体を抱えて支えようとした。だが、倉橋も蹴躓き、橘田を抱えたまま、台所の床へ倒れ込んでしまう。

「っ…」

バタンと派手な音がし、二人分の体重を受けた床が揺れる。抱えられていた橘田は衝撃程度で痛みなどはなかったが、自分の下にいる倉橋が呻く声を聞き、はっとした表情で彼の顔を覗き込む。

「大丈夫か…?」

「いた……背中、ぶった…」

自分だけでなく橘田の重みも一緒に、したたかに背をぶつけたのだから、痛みも倍だ。目を開けると、目の前に橘田の心配そうな顔がある。倉橋はふうと息を吐き、まっすぐに橘田を見つめた。

「…悪いと思うんやったら、昨夜みたいなキスしてや」

「……」

さっと橘田の顔が厳しいものに変わり、倉橋の腕から逃れようとして身体に力をこめる。その背中を放さないよう、力強く抱き込んだまま、倉橋は傲慢《ごうまん》な台詞を続けた。

「あんなキスされたら、忘れられへん。一真さんのせいや。責任取って」

「な…にを…っ…」

「一真さんかて、したいんやろ？」

せやから、あんなこと、したんちゃうんか。潜めた声で聞くと、橘田が微かに目を眇める。形のよい眦《まなじり》に皺が浮かぶのを見て、倉橋は橘田の背に回していた手を頭へと伸ばした。逃げないように押さえ、首を伸ばして橘田に口づける。

「……」

甘えるように、橘田の唇を何度も啄《ついば》む。深いキスを望んでいるのは自分だけじゃない、橘田もそうなのだという確信があった。そうでなければ、無意識だったとしてもあんな口づけはできない。

誰かを求めているなら、自分がそれになろう。口づけにそんな思いをこめて、繰り返していると、橘田がきつく結んでいた唇を緩め、息を吐き出した。

「………」

離れようとしていた橋田の身体から力が抜ける。ゆっくりとのしかかってくる重みを受け止め、倉橋は橋田の唇が落ちてくるのを待った。そっと触れた唇が少しずつ大胆さを増していく。昨夜のようなキスになるまで、さほどの時間はかからなかった。

「っ……ん……っ……」

橋田を煽ったのは倉橋だったが、仕掛けられる淫らな口づけに、いつしか翻弄《ほんろう》されていた。夢中で求め合い、お互いの快楽を探る。激しいキスは身体だけじゃなく、頭の中までをも熱くする。

橋田の背に回した手を腰へと下ろし、小さな尻を確かめるようにそっと摑む。女のそれとは違う感触が、橋田と抱き合っているのだという実感をくれた。

尻だけじゃない。胸もないし、身体も重く硬い。本来ならば欲望など抱くはずのない存在だ。なのに、自分自身が熱くなっているのを感じる。膝を立て、橋田の脚を開いて彼のものを確かめる。それが自分と同じように反応しているのを知り、倉橋はほっとした。

橋田がそういう嗜好《しこう》を持つのだというのはなんとなく感じていて、昨夜のキスで確信した。それでも、自分に対し欲望を覚えてくれるかどうかは不安だった。

これがたとえ、目の前の快楽を求めるだけの、刹那的《せつなてき》な行為でも構わない。自分もそうなのだから、俺たちは同等だ。

「…っ……ん……ふ……」

橋田の鼻先から漏れる音が甘く耳に響く。わずかなことでも倉橋を昂揚させ、彼の理性を削っていった。布越しではなく、肌に直接触れたいと思い、シャツの裾から手を入れる。橘田の肌は冷たく、柔らかな感触はまったくなかった。

「……一真さん…」

名前を呼ぶと、首元に顔を埋めていた橘田が動きを止める。あっち、行こう。靴も履いたまま、台所の床で抱き合っていた。倉橋の声を聞き、橘田は彼の上から退くと、のろのろと奥の座敷へ移動していった。

橘田の姿が視界から消えてから、倉橋は起き上がり、Tシャツを脱いだ。電気は点さず、奥の部屋へ行くと、部屋の隅に座り込んでいる橘田を横目に見て、押し入れから布団を取り出す。敷き布団を乱暴に広げ、橘田の腕を摑んでその上へ押し倒した。

「っ…ん…」

シャツを脱がせ、ジーンズも下着ごと剝《は》ぎ取る。橘田自身はすでに形を変えていた。それにそっと触れ、慎重に愛撫《あいぶ》しながら、唇を重ねる。

「…っ……ふ……っ…」

裸になったことで緊張し、強ばっていた橘田の身体は、濃密な口づけですぐに溶けた。もっと深く咬《か》み合いたいというように、角度を変え、唇や舌を存分に使う橘田に応え、倉橋も激しく口づけ返す。

自分でする時のように掌で握って扱《しご》いてやると、橘田のものは先走りを漏らし始めた。ぬるりとした感触を全体に広げ、いやらしく煽るようにして大胆に弄る。橘田は腰を揺らし、倉橋に促されるまま、欲望を放った。

「は…っ……ふ…っ……」

「……いい?」

荒い吐息をこぼす橘田に、掠れた声で聞くと、彼は目を上げないまま頷いた。倉橋の背中に手を回して引き寄せ、彼の肩に顔を埋める。じっと、まるで祈っているみたいに動かない橘田が何を考えているのか気になったが、それよりも自分自身の昂りを収めたくて仕方がなかった。

抱きついている橘田から離れ、彼の身体を俯せにさせる。照明は点けていなくても、停電しているわけじゃないから、そこかしこから漏れている明かりでうっすらと視界が確保されている。白い背中は滑らかで、浮かび上がった肩胛骨の力強さが、女とはまったく違った。

そっと唇をつけ、橘田の綺麗な背中に舌を這わせる。ジーンズのボタンを外し、硬くなっているものを取り出す。先が濡れているのを感じ、内心で舌打ちした。

「…っ……」

腰を摑んで高く持ち上げると、橘田が息を飲む音が聞こえた。無理をするつもりはなく、自分で軽く扱いたそれを橘田の内腿《うちもも》へと押しつける。

「…擦るだけやから」

「…ふ…っ…」

橘田の背中にのしかかり、耳元で囁くと、小さな吐息が返される。怖がっている様子や、戸惑っている気配は感じられず、やはり橘田はこういう行為に慣れているのだと思った。腰を押さえ、挟み込んだ自分自身を動かす。

「っ……ん……」

「…っ……」

意識してやっているのかどうかはわからなかったが、橘田が内腿にぐっと力をこめて締めてくるので、十分に快感が味わえた。そもそも、橘田に痴態を演じさせていること自体が、倉橋の興奮を煽っていた。

橘田が出したもので濡れていたし、倉橋自身からも先走りが溢れ、腰を動かすたびに粘着質な音が響く。次第に動きが速くなり、倉橋はあっという間に欲望を放っていた。

「ん…っ……あ…ダメや…っ…」

熱いものを溢れさせながら、橘田の身体をきつく抱きしめた。そのまま横向きに倒れ、荒い息を吐き出す。橘田に密着したまま、眠ってしまいそうだったが、少しして抱きしめていた橘田の身体が動いたのにはっとした。

腹に回した倉橋の手を退け、橘田がゆっくり起き上がる。背を向けたまま、橘田は倉橋の方は見ずに部屋を出ていく。台所との仕切りである襖が閉められる。しばらくして、シャワーの水音が聞こえてきた。

「……」

敷き布団の上に仰向けになり、倉橋は大きく息を吐いた。橘田は何を思っているのだろう。

何を考えて、自分を拒絶しなかったのだろう。ただ快楽を味わいたかったからだとは、倉橋にはどうしても思えなかった。

一度きりだ。二度とこんな真似はするな。そんな言葉できつく注意されるか、出入り禁止になるか、どっちかだと考えていた倉橋の予想は外れた。橘田は何事もなかったかのように振る舞い…そして、倉橋が再び仕掛けた時も拒絶しなかった。

「…っ……ん…っ…」

長いキスをして、抱き合って、達する。橘田との行為は倉橋がそれまでに経験した、どんな相手との行為よりも興奮が得られた。拒まない橘田に、倉橋はあっという間に溺れた。橘田には側にいる人間が必要なのだと、自分に対して作った最初の言い訳は影を薄くし、いつしか倉橋自身が橘田を放せなくなっていた。

お盆が過ぎ、夏休みの終わりが近づく頃には、倉橋は橘田の部屋へ続けて泊まるようになった。

「…一真さん?」

ひょいと奥の部屋を覗くと、布団の上で橘田が背を向けて眠っている。三十分ほど前、倉橋が布団を抜け出した時と体勢が少しも変わっていない。小さく息を吐き、倉橋は手に提げていたレジ袋の中身を冷蔵庫へとしまった。

清涼飲料水のペットボトルだけを手にし、奥の部屋へ行く。橋田の隣で胡座をかき、ぴくりともしない寝姿を眺める。ペットボトルの蓋を開け、ごくごくと飲んでから、壁の時計を見上げた。

時刻は二時を過ぎている。空腹で目が覚めて、食べるものが何もなかったので、買い物に出掛けた。戻ってきたら起きているかもしれないと思ったけれど、橋田は眠り続けている。起こすつもりもなく、倉橋はすやすやと眠っている橋田の横に寝転がった。

橋田がセックスをした後、とてもよく眠ると気づいたのは、抱き合うようになってからまもなくのことだった。自分との関係を歓迎しているはずのない橋田が、余計にうなされるようになるかもしれないと恐れ、側にいるようにしていたら、逆だと気づいた。以前目にしたような苦しむ様子などはまったく見られず、長い時間、昏々《こんこん》と眠る。橋田の身体にとってはいいことだから、決して睡眠を邪魔したりはしなかった。

昨夜も遅くから抱き合って、眠ったのは明け方近くだった。もう十分な時間の睡眠を取っているが、甘い疲れもあるのだろう。三時を過ぎたら、台所で一人で何か食べようと決めた時だ。橋田がごそりと動き、「何時だ?」と聞いてきた。

「二時…十五分」

「……。…今日は帰れよ」

「起きてすぐ、それ？」

呆れた口調で言い、倉橋は腰を上げる。ひょいと橋田の身体を跨いで窓際へ近づくと、カーテンを開けた。薄暗かった室内が明るくなり、眉をひそめる橋田を見ながら、倉橋はペットボトルから清涼飲料水を飲んだ。

「何か飲む？」

「…いい」

気怠《けだる》げに首を振り、橋田は被っていたタオルケットを退けて立ち上がる。風呂へと向かう裸身を見送ってから、倉橋はエアコンを切り、窓を開けた。九月も近くなり、暑さは幾分マシになった。ずっと閉めきっていたから空気がこもっている。風を通し、ついでに軒先に干していた洗濯物を取り込む。

橋田が寝ていた布団を窓辺の柵にかけ、埃《ほこり》を落とす。タオルケットは物干し竿《ざお》にかけ、洗濯物を畳んでいると、風呂場のドアが開く音が聞こえた。

「…君はマメだな」

「飯、食うやろ？　これ終わったら作るし」

呆れたように言われるのも慣れた。手際よく洗濯物を畳んでしまうと、片づけは橋田に任せ、倉橋は台所に立つ。先ほど買ってきた食材を冷蔵庫から取り出し、橋田に買わせたフライパンをガスレンジにかけた。

泊まるようになって、フライパンや鍋など、簡単な調理器具を橋田に購入させた。橋田につき合っていたら三食、買ってきたものか外食で済ませなくてはいけなくなる。母親が働いていたからそういう生活にも慣れてはいるけれど、だからこそ辟易しているというのが倉橋の本音だった。

ならば、自分で作る。そう決めて、橋田の部屋にいる時はほとんど、自炊するようになった。手早くやきそばを作って卓袱台へと運ぶ。橋田はすでに洗濯物を片づけ、布団もしまっていた。

「あー腹減った。昨夜から何も食べてへんもんな。腹減って目が覚めてん」

「それから買い物に？」

「帰ってきたら起きとるかな思てたけど、一真さん、寝てたし。もうちょいしたら、自分一人で食うてたわ」

いただきます…と手を合わせ、大皿に盛ったやきそばを勢いよく食べ始める。倉橋の食欲は旺盛《おうせい》で、人並にしか食べない橋田は、いつも怪訝そうな顔つきで見た。

「本当によく食べるな」

「そうか？　俺の連れもこんなもんやで。一真さんかて、高校の頃は食うてたやろ？」

「いや。今と変わらなかった」

「そうなん？　せやけど、連れはちゃうかったやろ？　ようけ食べる奴とか、おらへんかった？」

高校の頃は剣道部に所属していたと聞いている。体育会系だったら絶対に自分のように食べる奴がいたはずだと言う倉橋に、橘田は小さな声で「そうだな」と言った。箸を止め、何かを思い出しているような顔つきでいる橘田に、倉橋は「おったん？」と聞く。

「…インスタントラーメンを必ず、三袋食べる奴がいた」

「わかる。一袋じゃ全然、足りひんもんな」

三袋くらいじゃないと食べた気がしないと豪語する倉橋に肩を竦め、橘田は再び箸を動かし始めた。食べる量は倍以上なのに、倉橋の方がいつも先に食事が終わる。まだ食べている橘田を眺めながら、その場にごろりと横になった。

「あー…来週でもう夏休みも終わりかあ…。早いなあ」

「休み明けにすぐ試験があるって言ってただろう。明日、来るなら教科書を持ってこいよ。試験対策もしておかないと」

「…帰らなあかん？」

「当たり前だ」

倉橋が橘田になついている様子を見た彼の母親は、夏休みだけでなく、受験が終わるまで面倒を見て欲しいと頼んだ。義理の母からの頼みを断れない橘田は、その言葉からも夏休み以降もつき合ってくれるつもりなのがわかる。

最初は母の唐突な行動を迷惑に感じたが、今は逆に多少強引なその性格に感謝している。橘田は拒絶はしないけれど、受け入れてくれたわけではないのを、倉橋は強く感じていた。いつ失くしてもおかしくない存在は、それに依存する割合が高くなるほどに恐怖を生む。

「なあ。大学院も入試とか、あるんやろ？　いつなん？」

「……秋だ」

「やっぱ勉強とかしてんの？」

ああ…と頷く橋田を見て、倉橋はふうんと頷いた。現在四年生である橋田は春に卒業を控えている。就職先を尋ねた倉橋に、橋田は大学院への進学を考えていると答えた。倉橋にとっては吉報で、春以降も変わらないつき合いを続けられると喜んだ。

変わらないどころか、自分が京都の大学へ進学すれば、もっと親密なつき合いができる。うまくすれば同じ部屋で暮らしたりもできるかもしれない。橋田に言えば牽制されるのはわかっていたから、内心だけでそんな望みを抱いていた。

橋田が食べ終えたのを見て、倉橋は自分の分と一緒に片づけを済ませた。帰れと言われているし、満腹の頭で勉強させられるのも敵《かな》わないと思い、早々と帰り支度をする。

「おい。乾いた洗濯物を持って帰れ」

「あ、せやったら着替えて行くわ。これ、洗っておいて」

「あのな…」

「どうせ明日も来るんやし、ええやん」

眉をひそめる橋田に軽い調子で返し、着ていたものを脱いで洗濯機へ投げ入れる。台所の隅に置かれたそれにTシャツがすとんと入ったのを喜ぶ倉橋を見て、橋田はあからさまな溜め息をついた。説教が始まる前にと、倉橋はそそくさと新しいTシャツを着て、デイパックを手に玄関へ向かう。

　橘田は玄関先まで出てきて「気をつけてな」と言った。

「原付だろう」

「大丈夫やて。一真さん、心配しすぎや」

　お盆が過ぎ、暑さが収まってくると原付の方が楽になった。昼間はまだ暑いが、茹《ゆ》だるような猛暑は抜けている。交通事故を心配する声に軽い調子で返し、倉橋はさっと振り返って橘田の腰に腕を回して引き寄せた。

　橘田が逃れる前に口づける。どういうふうにすれば感じるのか、もうわかっている。煽るように口づけ、それでも橘田が求めてこないのを見て、倉橋はキスをやめた。

「……今日は帰れと言ってる…」

　唇を離した倉橋の前で橘田は顔を俯かせて、低い声で命じる。きっと顰められているであろう顔を見ないまま、倉橋は橘田の髪に口づけて「わかってる」と返した。もしかして…という思いで口づけてみただけで、無理強いをするつもりはなかった。

　橘田の身体を放し、倉橋は一人で部屋を出た。かんかんと音を立て、階段を下りる。駐輪場に停めた原付からヘルメットを取り出し、それを被ってからシートに跨り、エンジンをかける。ふと、視線を感じて二階の方を見上げると、廊下に出てきた橘田が見下ろしていた。

　軽く手を上げて、原付を発進させる。これがバスで帰るのであれば、橘田は出てこなかっただろう。原付で通うのを橘田が好ましく思っていないのも、彼に多くの心配をかけるのも、その理由も。すべてわかっていたが、やめられなかったのは、橘田の中に少しでもとどまりたいという思いがあったからだった。

どれほど長く一緒にいても、どれほどたくさん抱き合っても、橘田の心が自分に向いていないのはわかっていた。けれど、現実を見ないようにして、倉橋は橘田の側から離れなかった。始まりのきっかけはどうであれ、倉橋にとって橘田は大切な恋人だった。

夏が終わり、短い秋があっという間に去り、冬を迎えた。新年、倉橋は見事第一志望の大学に合格した。京都にある名門私大は当初、手が届かないと思われていた大学で、橘田のお陰だと、母親は厚く礼を言った。

受験が終わっても、倉橋は橘田の部屋を訪れるのをやめなかった。高校もすでに卒業式を残すのみで、自由登校となっていたので、橘田の部屋でずっと過ごしていた。そして、卒業式が終わり、倉橋は以前から約束していた友人との卒業旅行へ出掛けることとなった。

「何日の予定だった？　四泊？」

「三泊四日。もっと長くいようって言うてる奴もいるけど、俺は帰ってくるわ。一真さん、寂しいやろ？」

「初心者マークでレンタカーなんて、ありえないな。とにかく、慎重に運転するよう、言えよ。車内でふざけたりするんじゃないぞ」

「わかってるて」

行き先は沖縄で、先に免許を取った友人が運転する車で移動することになっていた。怪訝な顔つきで注意する橋田に適当な返事をして、倉橋は帰り支度をする。明日は朝早く、友人たちと共に空港へ向かうことになっている。橋田の部屋を出たのは八時前だった。

玄関先で別れを告げようとした倉橋は、橋田が鍵を手にしているのを見て、一緒に来るのかと聞いた。コンビニへ行きたいからついでにバス停まで送ると言われ、共に部屋を出る。

「向こうは暑いんかな。泳げるやろか」

「さすがにまだ海開きもしてないいんじゃないか。暑くもないと思う。暖かいくらいだろう」

「そうなんや。水着、持っていこかて言うてたんやけど」

「寒くても入るつもりなんだろう？」

「わかる？」

見透かされたような台詞を向けられ、倉橋は隣を歩く橋田を見て、にやりと笑った。橋田は前を向いたままで、白い横顔が夜の闇に浮かんでいる。すっきりとした顎《あご》のラインや、シャツの襟に包まれた首筋を見つめ、倉橋は「なあ」と声をかけた。

「春休みの間に、どっか行かへん？」

「行くじゃないか。明日から」

「ちゃうて。二人でや」

「遊んでばっかだな」

「苦しい受験勉強を乗りきってんで。これくらいしても、バチは当たらへん思うわ」

合格しなければ橋田に迷惑をかけるし、一緒にもいられなくなるかもしれない。そんな恐怖に追い立てられるようにして、倉橋は懸命に勉強した。橋田との関係に溺れすぎなかったのも、なんとしても合格しなくてはならないという枷《かせ》があったからだ。

けれど、その枷も外れた。「どこ行こか?」と聞く声は浮かれたものだ。

「温泉に一泊とかもええと思わへん? せやな…城之崎《きのさき》とか。一真さん、行ったことある?」

「ないな」

「俺、小学校の頃、家族で行ったことがあんねん。城之崎にしよか。電車で行けるはずやから。帰ってきたら計画立てるわ」

橋田は旅行に行くとも言っていないのに、勝手に盛り上がって、倉橋は行き先を決めた。まだ三月に入ったばかりで、日が落ちる夜はコートが手放せない。温泉は温かいから…と橋田に話しているうちにバス停に着いていた。

携帯で時間を確認し、時刻表を見る。到着時刻ちょうどで、顔を上げて道路の向こうを見ると、バスのものらしきライトが光っていた。

「お土産《みやげ》、何がええ?」

「さあ…。思いつかないな」

「沖縄言うたら…ちんすこうやったか? あのお菓子」

曖昧に首を傾げ、橘田は「楽しんでこいよ」と言った。停車したバスの扉が開く。ひょいと足取り軽く乗り込んだ倉橋は、ステップを上がってすぐのところで立ち止まり、見送ってくれる橘田に手を振った。

いつも、橘田はじっとバスを見送るだけで、手を振り返したりはしない。だが、その時はすっと右手を上げて、倉橋を見つめながら、振った。少し意外だったのだけど、旅立つ自分を気にかけてくれているのだろうと思い、倉橋はにっこり笑って、強く振り返した。

バスが発進する。橘田の姿が見えなくなる。なんとなく気になって、後部座席に座って、リアウィンドウから外を見た。橘田がまだ手を振っている。小さくなっていくその姿を、倉橋は不思議な思いでぼんやりと見つめていた。

あの不思議な感覚は胸騒ぎというやつだったのだ。そう、倉橋が悟ったのは、沖縄旅行から帰ってきて、土産を手に橘田の部屋を訪ねた時のことだった。チャイムを鳴らしても橘田は出てこず、預かっている鍵で玄関を開けようとしたら、鍵が入らなかった。

「……？」

おかしいなと思い、何度か試したが、何度やっても鍵は入らない。部屋を間違えてもいない。どういうことなのか。倉橋は理解できず、呆然《ぼうぜん》と立ちつくしていると、同じ二階の住人が通りかかった。

不審げな目で見てくる相手を捕まえ、倉橋は恐る恐る尋ねた。もしかして、この部屋の住人は引っ越したのか？　そんな問いに、相手は首を捻りながらも引っ越し業者のトラックを見た覚えがあると答えた。

「引っ越し業者て……いつですか？」

「確か…一昨日か…その前…だったかな。俺もバイトで不規則なんで、詳しいことはわからないんだけど」

一昨昨日《さきおととい》だとすれば、自分が沖縄に旅立ってすぐに引っ越したことになる。そんな話は聞いていない。何かあったのだろうかと心配になり、倉橋は迷った末に、義父の携帯に電話をかけた。

同じ家で暮らしてはいるし、気まずい間柄でもないけれど、倉橋にとっては電話するのを躊躇われる相手だった。けれど、母親よりも事情を知っている可能性が高いのは、橘田と血の繋がった父親の方だ。どきどきしながら呼び出し音が鳴るのを聞いた。緊急の場合にと、互いの携帯番号は教え合っているが、電話をするのは初めてだった。

義父の方も、倉橋から電話がかかってくるとは想定していなかったらしく、呼び出し音がとぎれてすぐに聞こえたのは「どうした？」と窺う声だった。

「…あ、すんません…。俺です…祥吾です」

『ああ、わかる。何かあったのか？』

多忙な義父が仕事中に電話に出てくれたのは、緊急の事態を想像したからなのだろう。申し訳ない思いで、倉橋は「すんません」と繰り返す。

「何か…あったとかやないんです。そうじゃないんですが……一真さん…に何かあったんかと思って…」

『一真?』

「…今、京都の、一真さんのアパートに来てるんですけど…なんか、引っ越したみたいで」

困惑を滲ませて「引っ越した」と口にすると、義父は「ああ」と相槌を打った。その調子は軽いもので、倉橋は逆にどきりとした。

『そうかもしれない。詳しい日程は聞いてないが、三月に京都は引き払うと言っていた』

「引き払うて……」

義父の口振りが何気ないものであればあるほど、倉橋の動悸《どうき》は速くなっていく。義父が知っていることと、自分が知っていることは違うのではないか。そんな疑いは急速に現実となる。

「どうして…どこに引っ越しはったんですか?」

そう尋ねながらも、倉橋は必死で自分に都合のいい筋書きを思い浮かべていた。契約の更新などの問題で、新しいアパートに引っ越すことにしたのかもしれない。自分には後で言おうと思ってて、忘れてたのかもしれない。引っ越し先はここから程ないところとかで、そこへ行けば橋田がいて、悪かったと謝るのかもしれない。

なんだ、早かったな。もっとゆっくりしてくるのかと思ってた。今、電話しようと思ってたんだ。まだ片づいてないけど、入れよ。勝手に作り上げた橘田の幻想はそんな言葉をかけるけれど、実際、倉橋の耳に届いたのは彼を打ちのめすような話だった。

『東京だよ。言ってなかったか？』

「……」

東京に行くなんて、倉橋は一度も聞いたことはなかった。義父は夏休み以降、橘田を家庭教師として慕ってきた倉橋が知らないのを、不思議そうにしていた。

『四月から警察大学校の寮へ入るらしいんだが、その前に京都を引き払って、東京に戻ると言っていた』

「警察て」

『祥吾くんは聞いてないのか？　…いや、口止めをされていたわけじゃないんだが、一真から聞いているものだと思っていた。一真は公務員試験に通って、警察庁に採用されたんだ。採用が決まったのも早い時期だったから…祥吾くんには話してるんだと思っていた』

「………」

大学院は？　どうなったんですか？　そう聞きそうになったのを、倉橋はすんでのところで止めた。あれは嘘だったんだ。京都にずっといるなんて、嘘だった。

『祥吾くん？　一真になんか用があるのか？』

「あ…いえ。お土産を渡そうと思って…訪ねたらいなかったんで、心配になって…。…お忙しいとこ、邪魔してすみませんでした。……あの、それで…一真さんは東京のどこに…」

『前に住んでいた久《く》が原《はら》の家だ。そのままにしてあるからね』

そうですか…と低い声で相槌を打ち、倉橋は礼を言って通話を切った。同時にどっと疲れが出てきて、その場に座り込んでしまう。膝に顔を伏せ、携帯を握りしめる。

「な…んで……」

どうして橘田は嘘などついたのだろう。こんなふうに…自分が旅行に出ている間に、別れも告げずいなくなるなんてやり方を、どうしてしたのだろう。

バスから見た、手を振る橘田が脳裏に浮かぶ。あれが橘田なりの、別れの挨拶だったのかもしれない。だが、そんなのありえないと強く思い、倉橋は土産の入った紙袋を乱暴に持ち上げ、立ち上がった。


橘田に会って、直接話を聞かなくてはどうしても気が済まなかった。会ってもどうにもならないのは予想できたけれど、まだ望みが消えなかった。いいように考えてしまいそうな自分を叱咤《しった》し、家に戻ると、義父の部屋で橘田が戻ったという東京の家の住所を調べた。

古い年賀状から住所を割り出し、メモを手に大阪駅へ向かった。新幹線に飛び乗り、祈るような思いで東京を目指す。悪い展開しか頭に浮かばず、三時間近くの間、ずっと眉間の皺が取れなかった。

東京など、修学旅行で訪れたくらいで、倉橋にとっては縁のない地だった。メモした住所がどの方向にあるのかもわからず、とりあえず、東京駅まで行って、駅員に相談した。教えられた通り、山手線で蒲田駅まで行き、東急池上《いけがみ》線に乗り換える。久が原の駅に着くと、近くの交番で大体の場所を聞いた。

倉橋がその住宅街に着いた頃には、日も暮れていた。橋田という表札を探して歩く途中、出会った相手に尋ねると、知っているという声が聞けた。そこの角を曲がって三軒目のお宅ですよ。そう教えてくれた老婦人に礼を言い、足早に向かう。目的の家は新しくはないが、さほど古さは感じない、二階建ての家だった。

門の外から窺うと、明かりが点っているのが見える。倉橋は小さく息を吐いてからインターフォンを押した。しばらくして、「はい」という声が聞こえる。橋田の声だ。眉間に刻んだままの皺を深くし、「俺」と無愛想に告げる。

橋田は普通に「ちょっと待って」と言い、インターフォンを切った。まるで訪問を約束していたような対応に気抜けさせられると同時に、橋田が自分に嘘をついたことが確定したような気になって、足元から力が抜ける。何を言われるのか。覚悟しなきゃいけないと思うのに、できなくて、倉橋はただぼんやりと玄関のドアが開くのを待っていた。

まもなくして通気窓のある、茶色のドアが開き、橋田が姿を現した。当たり前だが、旅行に行く前とちっとも変わっていない。門のところまで出てくると、「父さんに？」と聞いた。義父から居場所を聞いたのかと尋ねているのだろうと解釈し、倉橋は頷く。

「…大学院ていうんは…」

「嘘だよ」

「なんで……そんな…」

「そう言えば、君が京都の大学に進学を決めると思ったからだ。俺はこっちへ戻ってくる予定だったから」

それはつまり、自分との関係を清算しようと考えていたからか。そう確かめなくても橘田の表情や態度を見ているだけで明らかだった。倉橋は紙袋を握りしめた手が震えてくるのを感じながら、何かを言おうとした。でも、どれも口にしても仕方のない言葉だとわかってしまって、声にできない。

そんな彼に橘田は淡々と、暗記した台詞みたいに自分の考えを伝える。

「君がどう考えていたか知らないが、俺が君と関係を持ったのは、そのせいで大学受験に失敗したら困ると思ったからだ。君の母親には世話になっているし、なんとしても合格させて欲しいと言われた。関係を持ってしまった方がコントロールできる」

「コントロールて…」

「君は無事合格した。俺の役目は終わりだろう。ちょうどよく、距離も置ける。これからは元通り、義理の兄弟として…」

「待って、待てや！　ほんまに……ほんまに一真さんはそれで平気なんか？」

事務的に進められる橘田の話を遮り、倉橋は顔を歪めて橘田に尋ねた。橘田はいつも通りの無表情で、何を考えているのか、真意がまったく読めなかった。いや、倉橋が思い描くよ

うな真意が、読めなかった。

こんなことを言いながらも、本心では違う思いを抱いているのではないか。自分たちの置かれた立場とか状況とか、いろんなことを考えた上で、橘田は仕方なくこういうやり方を選んだのではないか。

望みを捨てられず、縋るように聞く倉橋を、橘田は冷静に切り捨てる。

「平気かと聞く意味がわからない」

「俺のことを、ちっとも好きやなかったのかて、聞いてんのや」

「…好き？」

「好きやとか、そういう気持ちがなかったら、あんなことできへんやんか」

最初から橘田がすべてを計算して、自分と関係を持ったとは、倉橋には考えられなかった。あの時、橘田はとても弱っていた。側にいなくてはいけないと、痛切に思わせられるほど、弱っていたから。

手を差し伸べたのは自分だ。仕方なく受け入れたなんて、後づけの言い訳だ。そう思うのに、橘田ははっきりと否定する。

「君を…そういう意味で好きだと思ったことはないよ。義弟として…というよりも、年下の友人みたいなものとしては、好ましく思っている」

「せやったら、一真さんは好きやない相手とでも、あんなことできる、言うんか」

「…そうなんだろうな」

「俺はできへんよ。俺は一真さんの…側におれるのは俺しかおらん、思たから…。一真さんには側にいる誰かが必要やて、思たから…」

ずっと一緒にいて、抱き合うような親密な関係を持っても、橘田の心が近づいた気はしなかった。自分だけの想《おも》いだと、本当はわかっていた。だから、怖くて、いいことしか考えないようにしていた。

でも、本当は…わかっていた。

「いつも夏は調子が悪くて…だから、君に心配をかけたのかもしれないな。すまない」

「最初に仕掛けてきたんは、一真さんの方や」

「………」

尚徳とよりが戻ったんか。そう聞きたかったけど、どうしても口から出なかった。夏以降、橘田と長い時間を一緒に過ごしたけれど、一度も聞けなかった。自分の居場所が…橘田にとっての自分という存在がもっと固まってからでないと、簡単に壊す凶器になるという予感があった。

今も。聞いてしまえば、二度と立ち直れない傷を自分に与えるとわかっている。自分にできるのは…何もかもを諦めて、ここを立ち去ることだ。すべてを忘れて。

なかったことにして。

「…本当は…一真さんが俺のことを好きやないのはわかってた。仕方なくつき合《お》うてくれてるんやろなとも思ってた。…けど、いつか、時間がかかっても、いつか、俺が側におるんが当たり前になって、そしたら、話してくれるて思てたんや」

「……」

「俺はまだ子供で、何も自分の力ではできへんから。そんな俺にできるんは、側におることだけやて、思てたんや。…なのに、こんな終《しま》いのつけ方て、あるか？　何も話してくれんで、嘘ついて、俺がおらんうちに勝手におらんようになって…。こんなん、ありか」

話しているうちにいろんなことが頭に浮かんで、涙が滲みそうになった。側にいながらも不安を覚えていたけれど、それでも、楽しかった。終わりがないようなセックスをして、おなかがすいて、ご飯を作って、一緒に食べた。それだけで、しあわせだと思えた。

このまま側にいたら、情けない姿を見せてしまいそうで、倉橋は大きく息を吐き出した。橘田に何を言おうとも、俺が望む未来は得られない。自分自身に言い聞かせて軽く鼻をすすり、握りしめてきた紙袋を門の上から橘田に渡す。

「……俺は一真さんともっと話がしたかった」

たわいのない会話だけじゃなくて、橘田が何を考えているのか、聞いてみたかった。そこに辿り着く前に道は断たれてしまった。橘田に背を向け、歩き始める。両脇に並ぶ住宅はどこも電気が点っていて、夕食らしき匂いも漂ってくる。すべてを失った倉橋にはそれが寂しく感じられて、我慢していた涙が頬を伝った。

二〇〇四年、七月。東京。

有楽町の駅で降り、日比谷方面に抜けてしばらく歩いたところに、NSビルという建物がある。一階には外国車のショウルームが入るそのビルにはオフィスと共に、いくつかのクリニックが入居しているが、そのうちの一つとして「三善《みよし》メンタルクリニック」の看板が掲げられている。

十時少し前、橋田一真は有楽町の駅で電車を降りた。通勤ラッシュは一段落しており、電車の混み具合もほどほどだった。足早に駅を出て、日比谷方面へ出る。通い慣れた道を行き、NSビルへ入ると、腕時計で時刻を確認した。

予約は十時。ぴったりだ。エレヴェーターのボタンを押し、その横にある鏡で身だしなみをチェックした。濃色の地味なスーツに、控えめな縞柄のネクタイ。短く整えた髪や手にしたアタッシェケースはビジネスマンのようでもあるが、どこかに違和感がある。姿勢よい立ち姿と鋭い視線が、肌の白い小作りな顔と、年齢の若さに釣り合っていなかった。

橋田が三善メンタルクリニックを訪れるのは二年半近くぶりになる。不眠症に悩まされていた橋田は、高三の夏から心理療法による治療を受けるため、三善メンタルクリニックへ通い始めた。大学進学により京都へ引っ越してからも通院は続けた。カウンセリングによって症状が改善したという実感は得られなかったが、治療を受けていることに対する安心感めいたものはあった。

大学卒業後、橘田は長い間悩まされた悪夢から解放された。それは心理療法の成果ではなく、彼自身の有り様が変わったせいだった。それでも保険のような気分で受診していた。ただ、奉職してからの橘田は休みを取ることもままならない激務に翻弄され、その上、地方勤務などもあり、症状が治まったことも影響して、自然とクリニックから足が遠のいていた。

最後に受診したのはアメリカへ留学する前だった。しばらく日本を留守にするという挨拶も兼ねていた。帰国後は新潟での勤務を命じられ、今春東京へ戻ってきた。

正直、もう訪れることはないかもしれないと思っていたクリニックを橘田が訪ねることになったのは、三善メンタルクリニックの主、三善から連絡を受けたからだ。橘田としては渡米を機に、一区切りつけたように思っていたが、三善がどうして連絡をよこしたのかも理解していた。今日が本当の区切りになるのだろうなと思いつつ、開いたドアからエレヴェータへ乗り込む。七月三十一日に一度お会いしませんか。留守電に残されていた三善のメッセージを思い出しながら、クリニックのある四階でエレヴェーターを降りた。

「おはようございます。十時に予約をお願いしているはずですが」

「おはようございます。お久しぶりですね。承っておりますよ。奥へどうぞ」

受付に座っていた五十代半ばほどの女性がにこやかに答えるのに、橘田は丁寧なお辞儀を返した。受付担当の女性は、長く三善メンタルクリニックに勤めており、昔からの顔見知りだ。二年半近く顔を見ていなかったが、変わらぬ笑顔を向けてくれる。

「失礼します」

ドアをノックし、返事を受けて中へ入ると、三善の姿が見えた。白を基調としたシックなインテリアでまとめられた部屋は、診察室という響きからは遠い。三善は窓を背にした机に着いており、橘田ににこやかに挨拶する。

「おはようございます。どうぞおかけください」

カウンセラーとして様々な患者に心理療法を施している三善は、職業柄もあるのか、随分年下である橘田に対しても丁寧な話し方をする。軽く会釈をした橘田は勧められた椅子に腰かけた。テーブルを挟み、椅子が二脚ずつ対面するように置かれている。それが三善にとっての診察台だ。

橘田の父親が仕事の関係で知り合ったという三善は、ＰＴＳＤに悩む犯罪被害者への心理療法を専門にしているという、若いカウンセラーだった。橘田が三善のもとを訪れたのは、彼がまだクリニックを開業したばかりの頃だった。それから十年、三善も年齢と経験を重ね、時代的な背景もあり、三善メンタルクリニックを頼るクライエントは年々増えている。

「お忙しいのに無理を言ってすみません」

「いえ。自分の方こそ、帰国の挨拶にも伺っておらず、申し訳ありませんでした」

座ったまま頭を下げる橘田を見ながら、三善は席を立つ。ファイルを手に近づいてくると、橘田の前の椅子を引いて座った。

「お忙しいでしょうに、時間を取らせてしまいましたね」

「とんでもないです。先生のお気遣いには本当に感謝しています」

多忙な三善がわざわざ電話をくれ、三十一日に会いたいと言ってきたのには明確な理由がある。七月三十一日は元々、橘田にとって…そして、彼の治療に当たってきた三善にとっても…特別な日であるが、今年の三十一日はその中でも取り分け特別な意味合いを持つ日だった。今日であの事件からちょうど十五年が経つ。

「今年であの事件から十五年になりますね。私は専門外なので詳しくはわかりませんが……時効はもう成立しているのですか」

「はい。公訴時効までに起訴されていなければなりませんので、今日逮捕できたとしても、公訴時効は成立するでしょう」

「それでも…橘田くんにとって今日は特別な日ではないかと思いまして…。最近、調子はどうですか?」

穏やかに尋ねる三善に、橘田はわずかに頭を垂れて、「ありがとうございます」と礼を言った。大学在学中までは七月三十一日が近づくと、決まって体調を崩した。悪夢が酷くなり、まったく眠れない日が何日も続き、やつれ果てていた。それが卒業後はぴたりとやんだ。自身の体調について不安を抱きながらも、警察庁という厳しい職場を選んだのだが、心配に反して問題なく過ごせている。

橘田は三善に事前には相談せず、事後報告として、警察庁へ入庁する予定だと告げた。三善はその進路に対し、橘田の身体には負担が大きすぎる、過度のストレスが不眠症を悪化させる可能性が高いとして、強く反対した。三善の意見はもっともで、橘田としても心配をかけるのは申し訳なかったのだが、よくよく考えて決めた進路だったから、三善に説得されても翻意しなかった。

「先生には…長くご心配をおかけしました。これで一区切りついたと思っています」

「アメリカでも大丈夫でしたか？」

「はい。外国で暮らすのは初めてでしたから、もしかするとまた眠れなくなるかもしれないと覚悟はしていましたが、平気でした。本当に…働き始めて六年ですか。まったく、以前のような夢は見なくなりました」

「それはよかった。心配で反対してしまいましたが、橘田くんには今の仕事が合っていたのでしょうね」

ほっとしているというように微笑み、三善は頷く。六年の間、橘田の環境は目まぐるしく変わった。職場はもちろん、他県での勤務、留学も経験した。激務というのがふさわしい多忙な日々の中で、学生時代よりもずっとストレスが多いはずなのに、不眠に悩まされることがなくなったのはどうしてなのかと、三善は不思議がった。橘田には一つ、心当たりがあったのだが、三善には話せない内容であったので、忙しすぎるのが逆にいいのだろうと答えていた。夢を見るどころか、十分な睡眠時間も取れないような毎日だ。

「今はどちらに？」

「帰国後は新潟にいたのですが、この春、東京へ戻ってきました。おそらく、一年…二年くらいは東京にいるかと思います」

「本当に忙しそうだ。今日も…これからお仕事ですか？」

「いいえ。今日は休みを取っています。今年は…先生のおっしゃる通り特別ですから。どうしても墓参りに行きたかったので」

「そうですか…」

三善は頷き、「コーヒーでもいかがですか？」と聞いた。橘田がいただきますと答えると、椅子から立ち上がる。壁際に置かれた腰丈のキャビネットの上には、コーヒーメーカーとカップが用意されていた。それからコーヒーを注ぎ、橘田のもとへ運んでくる。

「先生。随分、ご心配をおかけしましたが、自分はもう大丈夫です」

「そのようですね。安心しました」

「ありがとうございました」

事件が時効を迎えたように、自分の苦しみにもきっと時効が訪れたはずだ。いつ甦るか知れないと、微かな不安を抱きながら暮らしてきたけれど、今日できっと終わる。そう信じて、橘田は熱いコーヒーに口をつけた。

三善メンタルクリニックを後にした橘田は、有楽町から地下鉄で池袋まで出た後、東武東上線で川越を目指した。川越の駅前でタクシーに乗り換え、市街地から西南へ向かう。二十年ほど前にできたという霊園は、整然と並ぶ墓石を隠すように緑に囲まれていた。

橘田が初めてその墓を訪れたのは、大学一年の夏休みだった。高校まではどうしても足を向けられなかったが、京都という離れた土地へ引っ越したことで、少し距離を置いて考えられるようになった。それから十年余り。毎年、できる限り、三十一日に参っている。

そして、今年は特別な日でもあり、前もって休みを申請してあった。要職にある橘田が私用で休みを取るのは周囲からは望まれないことだが、禁じられているわけではない。どこからどういう声が聞こえてこようとも、無視するつもりでいた。

駅前の花屋で買った花を手に、墓へ向かう。三十一日は事件の起きた日であり、墓に眠る故人の命日は違う。お盆前ということもあるのか、墓地には人気がまったくなかった。上村の墓にも最近、参られた形跡はなく、連日の暑さで花も枯れてしまっていた。

墓の前に立った橘田は一息ついてから、持参した花を墓の手前に立てかけた。水汲み場で桶とひしゃくを借りてこよう。そう思い、振り返ろうとした橘田は視線を感じて動きを止める。

「………」

ゆっくりと顔を横向け、離れた場所で立ち止まっている相手を見て、小さく息を吐く。白っぽいポロシャツにジーンズ。なんでもない服装だが、長身の上、逞しい体軀であるからとても目を引く。いや、場所が場所だから、彼から発せられる精気みたいなものが浮いて見えるのかもしれないと思った。

一瞬、硬くした表情を意識して緩め、橘田は近づいてくる相手を見つめる。最後に会ったのは、アメリカへ発《た》つ前だ。どこからか話を聞きつけ、会いたいという連絡をもらった。新橋の飲み屋で二人だけの壮行会を開いてくれた。

おそらく、二年半ぶり…になる。目の前まで来た相手…高平尚徳をまっすぐに見て、彼の言葉を待った。

「ここで会うのは初めてだな」

「…ああ」

変わらない声で言い、高平は橘田の前にある墓を見る。上村家と書かれた墓標を懐かしそうにも見える目で眺め、手にしていた花を橘田と同じ場所へ置いた。

「水がいるな」

「ああ。今、持ってこようかと考えていたんだ」

「俺が行く」

さっと身を翻し、高平は水汲み場へと足早に向かった。その姿を見送り、橘田は枯れた花を花生けから抜き取る。新しい花を包んでいた紙を解き、供えられるように用意していると高平が水を汲んだ桶を手に戻ってきた。

「持ってきたぞ」

高平から桶を受け取り、橘田は花生けに水を注ぐ。新しい水で浸してから花を入れた。高平と二人分になってしまい、花が溢れそうだ。桶を置くと、墓前に高平と並んで立ち、手を合わせた。

あれから十五年も経ったなんて信じられない。こうして高平と一緒に参るのも初めてで、どこからか上村が見ていたら、自分たちの変わりように驚くだろうかと考える。当時、十三歳だった橘田は小柄で、小学生に間違えられるほどだったし、大柄だった高平も今ほどの体格ではなかった。

亡くなった当時、二十六歳だった上村の年齢も越した。生きていれば四十一となっていたはずで、婚約者だった女性と結婚し、しあわせな家庭を築いていただろう。長い間、手を合わせ、顔を上げると隣の高平も姿勢を直す気配がした。

「…報告できなかったな」

「…ああ」

何をと聞かなくてもわかっている。今日で十五年。すでに時効も過ぎた。結局、有力な容疑者さえ浮かばないまま、事件は終わった。事件の翌年から、怪我を押しても墓参を続けてきた高平は、自分以上に悔しい気持ちを抱いているのだろう。お互いが犯人を捕まえたくて警察官になったわけではないが、時効までに逮捕されればと願い、過ごしてきた。

「年内に法改正、されるんだろ?」

「その予定のようだな」

「二十五年?」

「ああ。さらなる見直しもありえるだろう。撤廃というのも検討されるんじゃないか」

撤廃か…と呟き、高平はその場にしゃがんだ。橘田が包み紙の上に乗せたままだった、枯れた花をくるりと巻き、捨てやすいように準備する。小さなゴミも拾い、まとめながら呟くように言った。

「時効がなくなったら、俺たちは永遠に犯人を追いかけ続けなきゃいけないのか」

「…犯人が時効を盾に罪を逃れることもなくなる」

「終わりがなくなるんだな」

「今日が終わりだと…思っているのか?」

橘田の問いかけに、高平はすぐに答えなかった。包んだゴミを脇へ避け、立ち上がる。上村の墓をじっと見つめたまま、軽く首を振った。

「一区切りついた…とは思えてるんだがな。やはり、真実を知りたいという気持ちは消えない。犯人も動機もわからずじまいなんだ。もう罪に問うことはできないとしても、どうしてあんな事件を起こしたのか、聞いてみたい。……まあ、胸くそ悪い真実しか出てこないんだろうが」

鼻先から溜め息をつき、高平はまだ水の入っている桶を持ち上げた。じっと見つめる橘田の前で、残った水をひしゃくで墓へかけ始める。二年半ぶりに見る高平は前に会った時と変わっていないように見えるが、橘田の記憶に一番鮮やかに残っている高校生の頃に比べると、やはり歳を取った。

　歳を取るという表現よりも、歳を重ねたという言い方が合っているだろう。若くささが抜け、大人の男としての魅力が溢れている。これから三十代の働き盛りを迎える準備が万端に整っている感じだ。何を任せてもこの男なら大丈夫だろうという安心感も表れていた。

「…夏は暑いから、たくさんかけてやった方がいいってお袋がよく言ってたんだ」

　高平が桶の水をすべてかけ終えると、橘田が花を包んでいたゴミを持ち、二人は墓を後にした。水汲み場で借りた桶とひしゃくを返し、隣のゴミ箱に包装紙などを捨てる。気温はぐんぐんと上がっており、水汲み場の脇に作られた休憩所の日除けがありがたかった。

「抜け出してきてるのか？」

「いや、休みを取った。お前は？」

「たまたま非番で…助かった。昼飯でもどうだ？」

「そうだな…」

　一日休みを取っているし、午後は予定もない。高平の誘いを断る理由はなく、タクシーを呼んで駅まで戻るかと橘田は聞いた。霊園の周辺には詳しくなく、昼を食べられるような店の心当たりもなかった。

「いや、車で来てるんだ。よければ…送るが」

「助かる」

「…いいのか？」

「何が？」

窺うように聞く高平を、橘田は怪訝な顔で見返す。高平がどこか困ったような表情なのは、自分を気にしているのだと気づき、橘田は真面目な表情で「大丈夫だ」と返した。高平との間にはタブーが多いが、車もその一つだった。すっかり忘れていた自分は、三善にも言った通り、本当にもう大丈夫なのだろう。

霊園に停められていた高平の車は、国産の軽自動車だった。中古で買ったというが、十分な代物だ。国道を走り、通りがかりに見つけた駐車場のあるファミレスに車を乗り入れる。昼時ということもあり店は混み合っていたが、なんとか空いていた席に座り、ランチを頼んだ。席には着けたが、厨房《ちゅうぼう》が回っていないようで、すぐには料理が運ばれてこなかった。

「思ったより、調子がよさそうで安心した。アメリカはどうだった？」

「楽しかった…とはとても言えない」

「新潟は？」

「…寒かった」

ぼそりぼそりと返す橘田に、高平は苦笑する。自分を今も心配してくれている様子の高平に、橘田は内心で溜め息をついた。十五年という一つの区切りの年に、高平と墓の前で会えたのは、何かの縁というやつなのだろう。三善から連絡をもらった時、自分も高平に連絡を取ろうかと考えたりしたが、結局やめた。おそらく、高平も同じように迷ってやめたに違いない。

区切りがついたようには感じている。犯人に時効が訪れたように、被害者である自分たちにも同じように、時効がやってきたのだと信じたい。けれど、こうして高平と顔を合わせてみると、やはり終わりなどないのだと心の底で思っている自分がいる。

「尚徳。もう…心配は無用だ」

低い声で伝える橘田に、高平はすっと表情を引き締めて、「そうだな」と答えた。大学進学後、高平とは一切連絡を取っておらず、警察庁へ入庁したのも報《しら》せなかった。自ら報せるつもりはなかった橘田のもとへ、高平から連絡が来たのは、研修先である所轄署に勤務していた頃だった。

会って話がしたいという高平と五年ぶりに再会した。お互いが別れた頃とは大きく違っており、五年という月日の長さを…ちょうど、大人に変わる頃の年月の重さを…実感した。警察という厳しい職場でストレスに晒《さら》され、以前のような不眠に悩まされているのではないかと心配する高平に、橘田はもう夢でうなされることはなくなったのだと答えた。高平は半信半疑の様子だったが、実際、その頃の橘田はすでに不眠から解放されていたので、嘘のない態度は高平を納得させることができた。

それでもなお、先に警察官となった高平が、橘田には重い職業ではないかと訝るのには、丁寧に説明した。きちんとデメリットについては考えたし、他の進路も検討はした。しかし、やはり自分にはこれしかないという結論に至った。過去の事件が影響していないわけじゃないが、拘《こだわ》っているわけでもない。お前と同じだ。橘田の言葉に、高平は複雑そうな表情をしながらも頷いた。

　高校を卒業後、警察官となった高平は制服勤務を経た後、一昨年、所轄署の刑事課へ配属された。警部補への昇任試験もパスした彼には、まもなく本庁への異動があるのではないかという噂《うわさ》が出ている。そして、橘田も現在は警視庁に籍を置いていた。

「忙しいか？」

「そっちこそ。刑事になったようじゃないか」

「望んでなったわけじゃない。なり手がいないから無理矢理押しつけられたんだ。昔とは違うさ。俺はずっと地域課にいたいんだがな。思い通りにはならん」

「お前みたいに目立つ男には無理な話だろう」

「目立つ？　どこが？　お前には言われたくないな」

　警察官には不似合いな容姿を持つ橘田には言われたくないと、高平が憤然と言い返した時だ。橘田の携帯が鳴り始めた。懐から取り出した携帯を見て、橘田はすっと席を立つ。高平の方は見ないまま、携帯を手にして店の外へ出た。入り口横の日陰に立ち、ボタンを押す。

「…はい」

『どこだ？』

「川越です」

『北区の…上十条《かみじゅうじょう》だ。どれだけで行ける？』

「一時間以内には。…どうしましたか？」

『一家四人が殺傷された。三名死亡、一名が重体だ。北王子署に帳場が立つ』

「……。すぐに向かいます」

一家四人の殺傷事件という言葉よりも、北王子署という言葉の方に気を取られた自分を反省し、返事をした。通話の切れた携帯を懐にしまい、店内へ戻る。頼んだランチが来ており、高平がすごい勢いでがつがつと食べていた。

すぐに現場へ向かわなくてはいけない橘田には食べている暇はない。代金だけ置いて、高平に会計を頼んで出ようとした。しかし、財布を取り出そうとした橘田に、高平が「早く食え」と促してくる。

「いや、俺は…」

「上十条だろ。俺もだ」

「……」

箸を動かしながら、ちらりと向けてくる高平の視線は独特の光を放つものだった。さっきまでとは全然違う。相手の底まで窺うような目つきは、捜査現場に従事している人間特有のもので、橘田は自分たちが昔とは違うのだと、痛切に意識させられた。

「…一緒には行けない」

「近くで降ろす。俺だって、お前と一緒になんか、行けない」

「だが…」

「いいから、さっさと食えよ。当分、こんな飯にはありつけないぞ。腹すかせた指揮官の言うことなんか、誰も聞かない」

高平の言う通り、現場に入ってしまえば食事をする暇などないだろう。下手をすれば飲まず食わずで朝を迎えなくてはならない。反論はやめて、橘田は箸を手にした。黙々と料理を平らげ、先に食べ終えていた高平と共に店を出る。

北王子署と聞いて、真っ先に橘田の頭に浮かんだのは高平の顔だった。高平は現在、北王子署の捜査一課に所属している。現場を所轄する北王子署に帳場…殺人事件の捜査本部が立てられれば、高平が関《かか》わってくるのは間違いがなかった。

エンジンをかけ、車を発進させた高平は、独り言のように呟いた。

「…まさかお前と同じヤマに当たる日が来るなんてな」

「……」

三月まで新潟県警の捜査二課長を務めていた橘田は、四月に転勤となり、警視庁の捜査一課管理官となった。殺人班担当の管理官として、四月から一時たりとも気の抜けない日々を送っている。各署に置かれた捜査本部と警視庁を往復する毎日で、休日はほぼなく、今日が初めての休みだった。

休暇を申請したといっても、重大事件が起きればすぐに来いと言われるのは覚悟していた。電話をかけてきたのは、理事官の小山《こやま》だった。三名がすでに死亡しているとなれば、内容いかんによっては、通常の捜査本部よりも規模の大きい、特別捜査本部が立てられる。高平に返す言葉もなくなり、橘田は押し黙ったまま、助手席でまんじりともせずに座っていた。

渋滞などにひっかからなかったこともあり、高平が運転する車は順調に現場近くへ到着した。住宅街の道路脇へ車を停め、高平は携帯を取り出す。シートベルトを外し、車を降りようとする橘田を手で押しとどめ、待つように目で報せる。

「…あ、高平です。例の上十条の…詳しい場所、教えてもらえますか？　…はい。……了解です」

フロントガラスの向こうへ視線を巡らせながら、高平は通話を切ると、再び車を発進させた。ゆっくりと進め、橘田に左側を見ているように指示する。現場にはすでに初動捜査を行う機動捜査隊が到着しており、非常線も張られているはずだ。目立つからすぐにわかるという高平の読み通り、二つ目の交差点で発見できた。住宅街には不似合いな黒山の人だかりが道を塞ぐようにしてできており、すぐに現場だとわかる。

「…あったぞ。非常線が張られてるようだ」

交差点を過ぎたところで高平は再び車を停めた。橘田はドアに手をかけながら、「お前は？」と聞いた。一度現場に顔を出してしまえば、いつ抜けられるかわからない。それまで車を長時間停めておける場所を探さなくてはならないだろう。高平を心配し、尋ねた橘田は意外な答えに眉をひそめた。

「ひとまず、車を置きに帰って、署で待機する」

「……現場に行かないのか？」

「俺にお呼びがかかるのは帳場が立った後だ」

「……」

高平の口振りから、てっきり彼も現場へ応援に呼ばれたのだと思っていた橘田は、しまったと思い、内心で唇を噛《か》んだ。「上十条だろ」と言われた時点で、否定して、一人で店を出るべきだった。自分の職務上、高平がどれほど親密な相手であっても、それは必要な対応だった。ミスを犯した気分で表情を硬くする橘田に、高平は軽い調子で詫びる。

「騙したのは悪かった。心配だったたんだ」

「…殺人班の管理官が急行させられたから、帳場が立つのは確実らしいと誰かに伝えなきゃいけないいんじゃないのか」

「一真」

「わかってる。俺もお前も、今は、そういう人間だ」

怒るつもりはなかったが、つい口調がきつくなった。高平がすっと顔色を変えるのを見て、橘田は発言を撤回しようかどうか迷ったのだが、それよりも急がなくてはいけないという思いの方が強く、何も言わずに車を降りた。

今日で時効を迎える事件もあれば、今日から始まる事件もある。この十五年で、自分も高平も大きく変わった。ノスタルジックな思いに囚われて歩く道に照りつける太陽の日差しは、ことさらきつく感じられた。

交差点の角を曲がり、人だかりを見据えてまっすぐ進む。休日を取ったとはいえ、いつ呼び出されるかわからないからと、スーツを着て出たのは正解だった。グレイのスーツは真夏の日差しの下では暑苦しく見えそうなものだが、日に焼けない橋田の白い顔のせいで、涼やかにさえ見える。漆黒の瞳と、たおやかな顔立ちは生ぐさい現場には不似合いだ。

物見高い見物人たちをざっと見回し、非常線の中へ入ろうとした時だ。どこから聞きつけるのか、すでに姿を見せていたマスコミ関係者が橋田を目敏《めざと》く見つけて近づいてくる。目立つ車で乗りつけたわけではないが、この季節にスーツ姿であるのと、橋田が持つ独特の雰囲気が彼の立場を教えていた。

獲物を狙うような貪欲《どんよく》な視線をはねつけ、橋田は問いかけられる前に非常線の内側へと入った。駆けつけてきた制服警官に身分証を見せ、案内を求める。橋田とさほど年齢の変わらない若い警官は、身分証にあった階級に小さく目を見張ってから、「こちらです」と促した。

六メーターほどの公道を西と東で封鎖し、非常線が張られていた。その中に住宅が両脇に六軒。道路北側の三軒のうち、真ん中の家が現場であるらしく、鑑識課の捜査員が出入りする姿が見えた。

「中尾《なかお》」という表札の出た家は、両隣や向かいの家々に比べると立派な造りだった。門扉やシャッターのついた車庫などにも金がかかっている。インターフォンはカメラつきで、外壁の上にも別の監視カメラがある。細かく観察しながら、制服警官に導かれ中尾家の敷地へ足を踏み入れた橋田は、玄関に辿り着いたところで中から出てきた相手に声をかけられた。

鋭い視線と共に挨拶してくる相手に、橘田は頭を下げて応える。彼の姿を見た瞬間、自分の中に生まれた動揺を、面を上げる頃には消し去った。

「…ご苦労様です」

「六係ですか」

機捜の捜査員と出会すならばともかく、殺人班の係長である渡辺《わたなべ》がすでに現場に臨場しているというのは驚きだった。鼻がきく渡辺の単独行動という線もあるが、到着が遅れた事実もある。すでに正式な出動命令が出ているのかもしれないと思いつつ、渡辺を見る橘田に、彼は玄関ドアに親指の先を向けて伝える。

「一階の居間に金森《かなもり》課長と小山理事官がおいでです」

「酒井《さかい》管理官は？」

「別件で先ほど出られましたよ。早々にホトケさんを運び出すようです。管理官も先にご覧になっておいた方がいいかもしれない」

「ありがとうございます」

低い声でつけ加えてくる渡辺は、警視庁捜査一課殺人犯捜査第六係を束ねる係長だ。橘田は管理官として殺人班四係から六係までの、第三独行犯捜査を担当している。その中の六係をまとめる渡辺は、叩き上げのベテランだ。

渡辺に丁寧に礼を言って、橘田は家の中へと入った。玄関にいた鑑識課員から靴カバーを受け取り、慎重にそれを装着して現場へと足を踏み入れる。渡辺は居間に刑事課長の金森と理事官の小山がいると言っていた。廊下をまっすぐに進むと、右手にあるドアが開け放たれており、その向こうに二人の姿が見えた。

「遅くなりまして申し訳ありません」

橋田の姿を確認した二人は目を合わせ、小声で会話を交わす。金森は橋田の到着を待っていたようで、「後を頼む」と橋田に言い、足早に部屋を出ていった。

「…他にも現場が？」

「大久保《おおくぼ》で女が刺されて死んでいるという一報が入った。逃げるホシを見たという情報があり、緊配をかけてる」

小山の口調は熱心なものではなく、そちらの一件よりも目前の現場の方が重要だと言いたげなのが感じられた。数の問題ではないが、三名がすでに死亡している事件だ。捜査一課の理事官である小山が神経を尖《とが》らせる意味は十分理解できる。

「休みなのに悪いな。法事は？　途中だったか？」

「…大丈夫です」

「ナベロクさんに会ったか？」

「はい。玄関先で」

「今回の件は六係が担当することになった。他の班も投入するかどうかは金森課長と近々に話し合う。何せ、日暮里《にっぽり》の事件があるだろう。手の空いてる班がないんだ」

時期が悪いとでも言いたげに小山は顔を顰めた。荒川区日暮里近辺で連続通り魔事件が発生したのは二月《ふたつき》ほど前のことだ。現在までに二名が死亡しており、三名が重傷を負っている。犯人はいまだ検挙されておらず、警視庁はその捜査に全力を挙げているところだった。

人手が多ければ早期解決に導けるかといえば、そういうわけでもない。大所帯になるほど軋轢《あつれき》が生まれる可能性もなきにしもあらずで、橘田は複雑な心境で頷きながら、「それで…」と小山を促した。小さく息を吐き、小山は眉間に皺を刻んで事件の概況を話し始める。

「通報者は中尾家に新聞を配っている新聞配達員だ。毎朝、六時過ぎに朝刊をポストに入れるんだが、その際、門扉が中途半端に開いているのが気になったんだそうだ。中尾家は戸締まりをしっかりしていて、門扉にもいつも鍵がかかっているのを、配達員は知っていたらしい。おかしいなと思ったが、他にも配達があったのでそのままにしておいた。その後、配達をすべて終え、店に戻り一服し、経営者の妻にその話をしたら、それはおかしいねという話になった。妻は何度か中尾家に集金に訪れてるんだが、その際に門扉がオートロックで、家の中から操作しないと開かないので面倒だと感じていた。その話を聞いて気になった配達員は用を済ませるついでに中尾家の前を通ってみた。すると、まだ門が開いている。やはりおかしいと思い、インターフォンを鳴らしてみたが、誰も出ない。旅行にでも出たのかと思ったが、どうしても気になって、入ってみたんだそうだ。すると、玄関のドアも開いていて、覗いてみると…おかしな臭いがする。恐ろしくなって、配達店の経営者を呼んで、来てもらい、相談した結果警察に連絡しようということになった。それが十時過ぎのことだ」

「では、新聞配達店の人間たちは中尾家の中へ足を踏み入れてはいないんですね？」

「ああ。一一〇番通報を受け、一番最初に到着した警邏《けいら》中の巡査が発見している」

門が開いていたというだけで、玄関まで開けてみるというのはかなりの暴挙だろうが、そのお陰で、早期発見に繋がった。一家全員が殺傷されるという事件では、場合によっては、発見までにかなりの時間を要するケースがある。

「被害者はこの家の世帯主である、中尾久志《ひさし》、五十二歳。妻の葉子《ようこ》、四十六歳。長女の愛理《あいり》、十六歳。死亡が確認されているのはこの三名だ。もう一人、次女の清佳《さやか》、十三歳は発見当時まだ息があり、王子中央病院へ搬送された。重体で集中治療室で手当を受けている」

「三名の遺体はまだあるんですね?」

「ああ。運び出す準備をしている。まず、中尾久志だが…」

世帯主の名を口にし、小山は橘田を促して、居間を出た。廊下をさらに奥へ進むと、左側に襖が見える。その向こうで鑑識課員が二名、作業をしていた。

和室を寝室として使っていたらしく、布団が二組並んでいる。北に面した窓側に敷かれた布団の上で、中年の男が俯せで倒れていた。寝間着姿の背中には複数の刺し傷があるようで、溢れ出た血液で全体がどす黒く変色している。

「凶器は?」

「今のところ、見つかってない。だが、全員に同じような刺し傷が見られるから、同じ凶器による犯行だろう。中央病院に搬送された次女も腹を刺されてたんだ」

次だ…と言い、小山は和室を後にした。廊下の突き当たりを曲がると洗面所と風呂場がある。そこは台所とも繋がっており、行き来がしやすいようになっていた。その台所の脇に勝手口があるのだが、その前に女性の遺体があった。こちらも寝間着姿で、中尾と同じように俯せで倒れており、大量の血液が染みたパジャマが色を変えている。

「妻の葉子だ。逃げようとして勝手口まで来たが、ここで刺されたと見ている。廊下に血痕などは見られないからな」

「…背中ですね」

出血量からも刺し傷は、中尾同様一ヶ所ではないようで、背後から繰り返し刺したのを物語っていた。次に小山が向かったのは中尾家の二階だった。和室よりも玄関寄りにある階段は回り階段で、踊り場に明かり取りの窓があり、室内を明るく照らしている。二階に出ると、ドアが三つ見えた。長女と次女の部屋で、もう一つは物置として使っていたらしいと小山は短く説明し、北側の部屋へ向かう。

「…寝ているところをタオルケットの上から刺されたようだ」

窓際に置かれたベッドの上に、無惨に変わり果てた少女の遺体があった。腹部を刺されており、口元にも溢れた血痕が見える。中尾も葉子も俯せだったので、その顔は見えなかったが、仰向けの愛理の表情ははっきりと窺えた。目を見開いたままの顔は、苦しげに歪んでいる。

「次女も同じように腹部を刺されたんだが、場所がよかったんだろう」

「…助かりそうなんですか?」

橋田の問いに、小山は無言で応えた。もしも次女が亡くなるようなことがあれば、死亡者は四名に増える。凶悪事件が毎日のように起きる都内でも、一度に四名が殺害される事件は頻繁に発生するわけではない。

小山は愛理の部屋を出て、橋田を南側の部屋へ案内した。そちらは次女の清佳の部屋らしく、血痕の残るベッドがあるだけで、鑑識課員の姿も見えなかった。

「こっちが次女の部屋だ」

「…向こうと同じような感じですね」

「高校生と中学生の姉妹だ。次女は中一だが、大柄な方らしく、体格も顔立ちもよく似ているよ」

そう言って、小山は次女の勉強机から写真立てを取り、橋田に見せた。家族写真であるそれには、中尾家の四名が写っていた。同じ写真が居間にも飾られており、遺体の身元確認に使ったという。

「…確かに似てますね」

右端に写っている姉妹二人を見て橋田は同意したが、同時に、左側に写っている中尾夫妻にも目を留めていた。姉妹はそうでもないのだが、夫妻…特に、父親である中尾は独特の雰囲気がある男だった。中尾家の外観を見た時にも感じた疑いを心の中で強めていると、そういう考えを読んだように、小山が中尾の「事情」を説明する。

「このヤマには厄介なおまけがついてるぞ」

「中尾は興神会《こうじん》系の大和《やまと》組という暴力団の元構成員だそうだ。今は金貸しを手広くやっていて、恨まれる心当たりには事欠かないような男らしい」

暴力団に金貸しと聞き、橘田はなるほどと納得した。金のかかった家の造りや、一般民家としては過剰に思える監視カメラ数や、写真で見る中尾の容姿には、そういうフレーズがしっくりくる。妻の葉子も主婦にしては出で立《いた》ちが派手に見えた。

「では暴力団か…怨恨絡みのヤマだと？」

「今のところ、それはなんとも言えないが、可能性が広がるということだ。…逆にやりやすいヤマかもしれない。金森課長が組対に応援を要請すると言ってる」

殺人事件の捜査本部に畑違いとも言える組織犯罪対策部が関わってくるという情報は、それをまとめなくてはならない橘田にとっては凶報だった。すっと表情を厳しくする橘田の顔を見て、小山は真面目な口調で「重く考えるな」と言った。

「お前の役目は利用できるもんはなんでも利用して、早期解決に導くことだ。三人も死んでるんだ。お蔵入りにはできない」

「…はい」

「組対の奴らはお前を頭からバカにしてかかるだろうが、そんなことでひっかき回されるなよ。弱みは見せるな。お前にとっては期間限定の椅子だろうが、時間つぶしみたいにのうのうとやられちゃ、ホトケさんが浮かばれない。現場の捜査員もな」

「おまけ…ですか」

「小山理事官の目には自分が時間つぶしをしているように映りますか」

すっと視線を上げて聞く橘田を、小山は鋭い目で見返した後、「いいや」と言った。捜査一課の刑事から叩き上げで理事官まで上り詰めた小山は、キャリアに対して厳しいことでも知られている。

捜査一課へ配属になった時から、小山が自分に対し何か言いたげなのは橘田も感じていた。現場においてキャリアに対する風当たりは強い。腹に一物を抱えた人間ばかりに囲まれているから、敢えて気にしないようにしてきたが、小山としても四人殺傷という大事件を担当させることになり、強く釘《くぎ》を刺しておこうというところなのだろう。

刺された釘を打ち返すような強さを含んだ橘田の目をじっと見て、小山は続けた。

「このヤマがお前の担当になって金森課長は心配してるが、俺は期待してる」

「期待ですか」

「四月からえらく飛ばしてくれてるからな。どういう采配で、お前が今回の特捜を引っ張るか、見させてもらうよ」

にやりと唇の端を上げてみせる小山に返す言葉はなく、橘田は手にしていた写真立てを机の上へ戻した。その時、何気なく見た机上に違和感を覚えて、じっと見つめる。

「そろそろ北王子署へ移動するぞ」

「…理事官。この部屋は…次女の部屋だと言ってましたよね？」

「…それがどうした？」

不思議そうに聞き返してくる小山に、橘田は机を見るように促した。橘田が指した先を見た小山は、眉をひそめて睨むようにして机上を凝視する。

「ここにあるのは高校の教科書です。並んでいるのもすべて…高校で使われている教科書や参考書です。…ここは長女の部屋なのではありませんか?」

橘田の問いかけに小山は難しい顔で黙ったまま、答えなかった。橘田の言う通りだとすれば、長女の部屋には次女が、次女の部屋には長女がいたことになる。もしくは重体で搬送されたのは長女なのではないかと言う橘田に対し、小山は首を横に振った。

「いや。救急隊員が本人から次女の清佳であるという確認を取ってるんだ。…だが、わからないな。至急、確認を取ろう」

「鑑識を呼んで詳しく調べさせます」

廊下に顔を出し、鑑識課員を呼びながら、橘田は胸の中に重い不安に似た気分が溜まっていくのを感じていた。おそらく…これは「やりやすいヤマ」などではない。そんな予感が頭に強く刻まれた。


七月三十一日、午後四時。北王子署に「上十条一家四人殺傷事件」と名づけられた特別捜査本部が立ち上げられた。第一回の捜査会議には本庁から捜査一課長の金森、理事官の小山、庶務担当管理官の酒井、機捜の管理官などが参加した。橘田も担当管理官として、北王子署署長、今回の一件を担当する六係係長の渡辺、主任の林《はやし》らと共にひな壇と呼ばれる幹部席に着いた。

初回の捜査会議に参加したのは六係の九名と、機動捜査隊、北王子署や近隣の警察署から集められた約四十名の捜査員だった。三名が死亡している事件としては少数であり、翌朝まではさらなる人員を集める予定となっていた。

そして、金森一課長が応援要請した組対の捜査員も顔を出していた。明石《あかし》というベテラン捜査員と、若手が二名。三人ともがガタイがよく、絵に描いたような強面で、独特の雰囲気を持つ一課の捜査員とも一線を画している。

「六係の渡辺です。先に地取り一組から……」

渡辺がマイクを使って簡潔な自己紹介の後、班分けを発表し始めると、ざわついていた講堂内が一気に静まった。渡辺から淡々と「地取り」や「鑑」「ブツ」といった捜査の担当区域が告げられた後、北王子署の刑事課長が現在までにわかっている事件概要を読み上げた。それらはどれも橘田の耳には届いているもので、手元にある資料を確認しながら、聞いていた。

橘田が対面している大勢の捜査員の中には高平の顔もあった。講堂へ入った時に視界の端で確認したが、そちらを見ることはしなかった。高平の方も視線を合わせないようにしているのだろう。しかし、機捜の管理官が初動捜査に関する報告を始めた頃、視線を感じた。

高平かと思ったが、何か違う気がして、橘田はちらりと目を上げた。そこには高平ではなく、厳《いか》つい顔をした男がいた。組対の人間だ。それだけを確認して、すぐに視線を外す。物珍しげ…というよりは、測るような目つきだった。あれがキャリアの坊ちゃんか。そんなふうにバカにされているのは明らかで、しかし、仕方のない話だとも思い諦める。

ひな壇には十名近い幹部が並んでいるが、その中でも橘田は一番若く、目立つ。キャリアの大勢いる警察庁内部ならばともかく、殺人事件の捜査本部だ。自分が浮いているのは言われなくてもとうにわかっている。

金森一課長が一刻も早い解決を望むというお決まりの文句で初回会議の終了を告げると、幹部たちは一斉に席を立った。捜査員たちはデスク主任による班割りを待ち、あちこちへ動き始める。橘田が渡辺と打ち合わせを始めようとすると、理事官の小山が外へ出るよう促してきた。

講堂を出ると、廊下の壁を背にして、小山はあたりを窺いながら上がってきた報告を橘田に伝えた。

「やはり病院へ搬送されたのは次女の清佳のようだ。救急隊員から確認を取った。本人が『中尾清佳』だと名乗ったそうだ。それから、長女の遺体も合わせて、顔写真でも確認した。長女は高校生で、髪を茶色に染めていた。清佳の方は黒髪だ。そのあたりからも間違いはないと思う」

「そうですか。では、部屋を入れ替わっていたと？」

「どういう理由があったのかはわからんが、そうなんだろうな」

「長女と次女の敷鑑担当にそういうことが過去にあったかどうか、知る人間はいないか、調べるようにさせます」

「そうだな。だが、大した意味はないかもしれんぞ。犯人にとっちゃ、長女も次女も同じようなもんだろう」

軽く肩を竦めて言い、小山は後は頼むとつけ加えて帰っていった。橘田が講堂へ戻り、渡辺の隣に座ろうとすると、横柄な口調の濁声《だみごえ》が聞こえた。

「中尾久志に関してはうちに任せてもらおうか」

地割りと呼ばれる担当区域の割り振りを行おうとしていた六係主任の林に、強引に切り出したのは、組対から召集された明石だった。明石は若い頃から暴力団対策の捜査に従事してきている。そんな彼は大和組という暴力団の元構成員である中尾の鑑《かん》捜査は、自分たちがした方が早いと言い切った。

「中尾はいつ誰に刺されてもおかしくないような奴だったんだ。容疑者は山ほどいるぜ。その中でもあいつを本気で殺そうって奴の見極めがあんたらにつくとは思わねえ。時間かけるだけ、損だ」

「しかし…」

「何、ちょっと洗えばすぐに割れるさ」

気軽な口調で言い、肩を竦める明石への対応を迷い、林は上司である渡辺を窺うように見た。思案するように腕組みをした渡辺よりも先に橘田が口を開く。

「では、お願いします」

すんなりと明石に下駄を預けた橘田に対し、林は微かに眉をひそめた。渡辺の方は表情を動かさず、「いいんですか？」と鷹揚に聞く。

「何よりも求められるのは早期解決です」

きっぱりと言い切り、橘田は明石を見た。望み通り、中尾久志の敷鑑を任せられたというのに、明石の顔色は冴《さ》えなかった。橘田を鋭い目で睨んでから、連れてきた二名の捜査員を促し、無言で講堂を出ていく。

橘田の言い方では「すぐに割れる」と言い切った明石に対し、「やれるものならやってみろ」と言ったも同然だった。派手な音を立てて閉められたドアの方を見て、渡辺が鼻先から息を吐いて頭を掻く。

「中尾久志の鑑取りの人員は地取りに回しとけ」

渡辺が林に短く指示を与えると、再び割り振りが始まった。担当を聞いた捜査員たちが順番に出ていく中で、橘田は渡辺との打ち合わせを再開しようとしたのだが、彼の呟きに遮られる。

「田島《たじま》が嘆いてたんですよ」

「……」

隣に座る橘田しか聞こえないような小声だった。田島というのは橘田が担当する殺人班四係の係長の名だ。渡辺を見れば、彼は腕組みをしたまま、捜査員たちの方へ目を向けている。

「あのキャリアはお飾りなんかじゃない。けど、だから質が悪いってね」

「…質が悪い…ですか」

「管理官が手柄狙いで動いてるわけじゃないのは見ててわかります。でもね、切れすぎる人間ってのは嫌われますよ。どんなところでも嫌われるってのは厄介だ」

「……。気をつけます」

「そうそう。そういう素直なところも質が悪いっていうんですよ」

ならばどうしたらいいのかと、橘田が返答に困った時だ。前方を横切った人間が自分を見るのに気づいた。何気なく視線を向けると、高平で、一瞬目が合った。本当に一瞬見ただけだったのに、高平が自分を心配しているのがわかって、困惑する。

「…自分は早く犯人を捕まえたいと、思っているだけなんです」

「わかってますよ。…知り合いですか？」

何気ないふうに相槌を打った渡辺が、続けて聞いてきた内容にどきりとした。動揺を隠し、「なんですか？」と問い返す。渡辺はそれ以上続けず、打ち合わせを再開する。それに従い、話を始めながらも、高平の存在は考えているよりもずっと面倒かもしれないと思った。おそらく、渡辺は自分の態度ではなく、高平の表情を見て聞いてきたのだ。

高平が自分を心配するのは仕方のない話だ。幼い頃、彼の心にすり込まれたその癖は、生涯失われはしないだろう。

特捜本部が召集されたのが午後四時という時間だったこともあり、捜査結果の報告が行われる捜査会議は翌朝の八時に予定された。北王子署での打ち合わせを終えた橘田は、一度本庁に戻った後、他に抱えている事件の報告を受けるため、所轄署を回った。自宅である御茶ノ水の官舎へ戻ったのは深夜一時を過ぎた頃だった。

管理官である橘田には専用の送迎車が与えられている。翌日の迎え時間を尋ねる運転手に、六時半という時刻を告げ、お疲れ様でしたと遅くまでつき合わせたのを労《ねぎら》い、車を降りた。二階にある自宅まで階段を使って上がり、玄関を開けて入ると、まず台所で水を飲んだ。閉めきってあった部屋は酷く蒸し暑く、エアコンをつけてから、上着を脱ぐ。

それをハンガーにかけてから、風呂場へ向かい、シャワーを浴びた。シャンプーしながらも、空腹を感じる。昼に食べて以来、結局、出されたお茶を飲むのがやっとだった。あの時、高平に無理矢理食べさせられたのは正解だった。

風呂を出ると、台所に立ち、薬缶《やかん》に水を入れ火にかけた。買い置きしてあるカップラーメンのフィルムを剝《む》き、沸いた湯を注いでから、居間として使っている隣の六畳間へ運ぶ。橘田が暮らす単身者用の官舎は、建てられてから相当の年月が経ったものだ。贅沢《ぜいたく》なのは立地条件だけで、三階建てのコンクリート造りの四角い建物は、昼間に見ると幽霊でも出そうな雰囲気がある。奉職してから今まで、留学していた期間を除き、ずっと官舎の世話になっているが、どこも同じような幽霊屋敷だった。

だが、どんな古い建物でもどうせ部屋にいる時は寝ているだけだし、休日もないに等しい。橘田には十分で、カップラーメンの蓋を剝がし、持ち帰った資料を読みながら熱い麺をすすった。半分ほど食べたところで、携帯が鳴り出した。

「……」

不吉な予感を抱いて、手近に置いてあるそれを見ると、覚えのある番号が表示されている。敢えて名前は登録していない。万が一、関係者に見られた場合に余計な詮索《せんさく》をされても困るからだ。渡辺の意味ありげな問いを思い出しつつ、通話ボタンを押す。

「…はい」

電話をかけるかどうかは、橘田も迷っていた。一言、言っておかなくてはいけないと思っていた。ボタンを押して返事をすると、「いいか?」という窺うような声が聞こえてくる。

「ああ。さっき官舎に戻ってきたところだ。そっちは?」

俺もだ…という声を聞いて、「そうか」と相槌を打った。高平も橘田と同じく、官舎住まいをしている。今は北王子署の管轄内にある官舎にいるはずで、訪ねたことはないが、同じように侘《わ》びしい住まいなのだろう。

『着替えを取りに来た。すぐに署へ戻るつもりだ』

「…そうか。ご苦労様」

事件が発生し、帳場が立つと、捜査員たちは捜査本部へ泊まり込みで捜査に当たる。深夜だというのに高平も署へ戻ると言うのを聞き、橘田は低い声で労ってから、上がってきていた資料の内容を思い浮かべる。

「…中尾愛理の鑑に回ったんだったか」

『ああ。六係の前原《まえはら》さん、知ってるか?』

「…三十代半ばで…角刈りの?」

『そうだ。西新宿署にいた時、特捜の応援に駆り出されて、前原さんと組んだことがあるんだ。俺のことを覚えていてくれて、向こうから指名された』

「そうか」

捜査員たちにとって班分けは重要だ。気の合わない相手と組むと、長い間、苦労しなくてはいけなくなる。高平が気心の知れた相手と組めたのならばよかったと思う橘田に、「俺よりも」と言う渋い声が聞こえる。

『心配なのはお前の方だ』

「どうして?」

『前原さんから聞いたぞ。一課をひっかき回してるって』

「そんなつもりはない」

即座に否定しつつも、そう言われる心当たりはあったので、言い訳はしなかった。自分の態度ややり方が気に入らない人間は多いだろう。けれど、橘田にとっては改めなくてはならないと思うところはどこにもなかった。最優先に考えるべきは、被害者の心情と、犯罪者の検挙だ。

「それより、態度に気をつけろ。渡辺係長に知り合いかって聞かれたぞ」

『……』

高平にも心当たりがあったのだろう。しばし黙ってから「すまん」と詫びる声が聞こえた。高平と同じ事件に関わらなくてはいけなくなったのは、橘田にとっては想定外だった。高平が警視庁の捜査一課にいるならばまだ覚悟もしたが、所轄署だ。万に一つと思っていた可能性が当たってしまったことになる。

橘田が注意する意味は、高平にも十分伝わった。様々な思惑が絡む世界でもある。今は立場の違うお互いが、古い知り合いであるのは、できる限り知られない方がいい。ただの幼馴染《おさなじ》みというには、過去がありすぎる。橘田は内心で溜め息をつき、卓袱台に手を突いて立ち上がった。冷蔵庫まで歩いていき、肩に携帯を挟んで、中からペットボトルを取り出す。

『明日から気をつける』

「ああ」

『……一真…』

何か言いたげな呼びかけを聞き、橘田はどきりとした。沈黙のまま、高平の言葉を待ったが、彼は先を続けず小さな溜め息のような音が聞こえる。

『いや…いい。署へ戻る』

「…気をつけて」

高平が何を言おうとしたのか。橘田には予感があったが、敢えて何も言わないまま通話を切った。携帯をシンクの脇へ置き、グラスに冷茶を注ぐ。それを一息で飲んでしまってから、携帯を手に六畳間の方へ戻り、すっかり伸びてしまっているカップラーメンの容器を手にした。食欲を削《そ》がれるような状態になっているが、非常事態に備えるためにも食べておかなくてはならない。

ずるずると機械的に麺をすすりながら、高平の話を頭に思い浮かべた。それはきっと、自分が話したいような気がしているものと同じだろう。お互い、この件だけは他に話す相手がいない。上村の墓前で再会した時も少しだけ話したが、堂々巡りだとわかっているだけに、とことん話し合うことはできなかった。

時効が訪れ、これで犯人が罰せられることはなくなったけれど、それにどういう意味があるんだろうか。犯人が捕まろうが、捕まらなかろうが、あの事件はなかったことにならない。死んだ人たちも戻ってはこない。

それでも、犯人を捕まえて真実を知りたいという気持ちが、心から消えない。真実を知ったところで、どうにもならないのに。自分たちにとってはやはり時効などというものは存在しないのだと改めて思い、橘田は底の見えないスープの中を箸先でかき回した。

八月一日。上十条一家四人殺傷事件の特捜本部では、朝八時から捜査会議が開かれた。早朝から一度本庁に赴いた後、橘田は八時少し前に北王子署へ到着した。夜のうちに各署から捜査員が召集され、前日の倍近い、約八十名が顔を揃えた。

夕方のトップニュースとして流された一家四人殺傷事件は、当然ながら世間の注目を集めていた。家庭内の犯行であったり、すでに犯人が逮捕されたりしていれば、凶悪犯罪が多発している昨今の情勢からも、耳目を引くこともなかったのだろうが、姿の知れない犯人が一家全員を殺傷したという事件は、過去の未解決事件をマスコミに思い出させた。

それに被害者である中尾久志の「職業」もマスコミにとって興味をそそるものだった。その中尾久志に関しては、前日、組対の明石が敷鑑を買って出ており、捜査会議での報告も自信に溢れたものだった。

「中尾は二十代から大和組の構成員だったが、十年ほど前に組を抜け、金融屋になった。組を抜けたと言っても、中尾から大和組を通じて、興津《おきつ》組へ定期的に上納金が支払われている。組の資金源の一部と見て、こっちでもマークしてた男だ。中尾は情勢に応じて、金貸しの方法を変えてきているが、ここのところは池袋に事務所を持ち、零細企業の経営者や、個人を相手に金を貸してた。中尾は親戚縁者から些細《ささい》な知り合いまで保証人とし、あたり構わず取り立てて、どんな小銭もむしり取るってやり方をしてたから、中尾を恨んでる人間は星の数ほどいる。昨夜、中尾の右腕だった奴を捕まえて、強い恨みを抱いてそうな奴をピックアップさせた。片っ端から当たっていくつもりだ」

その中に犯人が絶対いると断言したげな口調で明石は締め括《くく》り、席に座る。恨みを抱いていそうな奴…と言いつつ、具体的な名前などを挙げないのは、自分のところだけで手柄を立てようという魂胆があるのだろう。

ひな壇に座り、話を聞いていた橘田は、隣にいる渡辺が声を潜めて「いいんですか？」と確認してくるのに、小声で返した。

「今の段階で無理に情報を開示させても、得はないと思います。様子を見ます」

「…組対に持ってかれても？」

「早期解決できるのならば」

それが最優先課題だと言い切る橘田を、渡辺はちらりと見てから口を閉じた。捜査が開始されたのが午後遅かったせいもあり、中尾の家族…妻の葉子、愛理、清佳姉妹に関する敷鑑は進んでいなかった。地取りに関しても同様で、亡くなった三人の司法解剖もまだ終わっておらず、凶器の特定も進んでいない。

「中尾家に関しては、家の中、庭、ガレージなど、一通り捜索しましたが、凶器の発見には至っていません。他に目立つ遺留品もなく、現在、科研において採取した指紋などの鑑定を進めています」

その結果も今後追々出てくるだろうとは思われたが、今の段階では犯人がどういう人物であるのかも、まったく見えない状況だ。新しく増えた捜査員の班分けを行い、早々に解散となった。

「いいか。マスコミの奴らも執拗《しつよう》に狙ってくるぞ。ネタを先に抜かれるなんてドジは踏むなよ。気を引き締めてかかれ」

最後を締め括った渡辺に、低い声が答える。次の捜査会議は午後八時。それまでに何かしらの成果を得て、戻ってこなくてはならない捜査員たちは、皆駆け足で講堂を出ていった。慌ただしく動く講堂内で、初動捜査の報告書に目を落としていた橋田は、そっと視線を上げて周囲を窺う。組対の面々が姿を消しているのを確認すると、隣の渡辺に声をかけた。

「渡辺係長、一つお願いがあるんですが」

「お願い…ですか？」

「六係の誰かを、池袋にある中尾の事務所に行かせてくれませんか」

橋田が持ちかけた依頼に対し、渡辺はしばし黙った後、「わかりました」と返した。

「何を聞かせます？」

「怨恨関係だけでなく、他に変わったことはなかったか。おそらく、明石さんたちは借金のトラブルで中尾を恨んでいた相手しか探していないはずです。それ以外に、中尾が何かトラブルに巻き込まれていたり、そういう様子がなかったか知りたいんです。家族のトラブルに関して漏らしていたとか…」

「さっき言わなかったのは、組対に見張られていたからですか」

「壁に耳あり障子に目ありだと学んでいます」

さらりと流す橋田に対し、渡辺は肩を竦めて携帯を手にした。相手に指示を出す渡辺の潜めた声を聞きながら、橋田は再び報告書を読み始める。話を終え、携帯を畳んだ渡辺は「林に行かせました」と主任の名前を挙げた。

「組対には見つかるなと言ってあります。報告も内々で挙げさせますんで」

「その方がいいですね。…自分はこれから次女の病院へ行ってきます」

「危ないと聞きましたが…」

「なんとか頑張ってくれるのを願っています」

一人、生き残った中尾家の次女、清佳は今も集中治療室に入ったままだ。手術はとうに終わったが、意識が戻ったという報告はない。橘田は唇を固く結び、鳴り始めた携帯を手に取った。


北王子署を後にし、橘田は車で五分ほどの王子中央病院へ向かった。王子中央病院は区内でも有数の規模を誇る総合病院で、集中治療室のベッド数も多い。三階に位置する集中治療室の受付で身分証を提示し、中尾清佳の担当医に会いたいと告げると、若い女性職員が少し強ばった顔つきで「少しお待ちください」と言って席を立った。

入れ替わりに顔を出したのは白い制服姿の看護師だった。担当医が手が離せないので、しばらく待てるかと聞く相手に、手間をかけるのを詫びて頷く。医師の多忙さは理解しており、待合いにいるので声をかけて欲しいと頼んだ。

昨夜、手術が終了した後も捜査員がつき添っていたのだが、中尾清佳の意識が回復する様子はなく、集中治療室から出られる見通しも立たないため、いったん引き上げていた。家族を一度に失った中尾清佳に、病院でつき添ってくれるような親類がいないか、当たっているという報告は受けている。

受付横の待合い室では、硬い顔つきの家族が二組ほど、窓ガラスの向こうを眺めていた。細長い部屋にはベンチが四つほど並んでおり、大きな窓ガラス越しに集中治療室の内部が窺える。状態によっては近づけない患者も多い。心配する家族の心情が満ちた待合室の空気は重く、橘田は頭が痛くなるような気分を味わいながら、部屋の隅から集中治療室を見据えた。

内部は見えるが、ベッドは遠く、中尾清佳の居場所を知らされていない橘田にはどれに彼女が寝ているのかはわからなかった。ベッドの一つ一つにはたくさんの機器がついており、マスク姿の看護師や医師たちが忙《せわ》しなく動き回っている。しばらく眺めた後、橘田は待合室を出た。

ベンチは待合室にしかなかったが、深刻な空気を共有するのは辛い。廊下の壁を背にして立ち、一つ息をついた時だ。受付向こうにある自動ドアが開く。スーツ姿の男性が二名。なんとなくしか顔に覚えはなかったが、向こうは橘田を知っていた。

軽く会釈をして、足早に近づいてくる。話しかけられるまでに所属と名前を思い出した。機捜の捜査員だ。後方に立つ男性は若く、見覚えがなかったから、所轄の人間だろうと推測する。

「管理官、お一人ですか?」

「はい。中尾清佳の担当医から話を聞こうと思いまして。今、待っているところです」

「そうですか。我々も一度様子を見ておこうと思い、寄ったのですが、ご一緒しても構いませんか」

「もちろんです。中尾清佳の親類の方は？」

橘田の問いに、捜査員はすっと眉間に皺を寄せた。懐から手帳を取り出し、芳しくない結果を報告する。

「中尾家には親しくつき合っている親類縁者はありませんでした。中尾久志の両親はすでに亡く、弟が一人いますが、関西方面に在住しているらしいということしかわかっていません。妻の葉子の方は茨城出身で、生家が今もありますが、複雑な家庭環境にあったようで、養女に出されています。義理の両親はすでになく、実姉が一人いて、連絡は取れましたが、子供の頃に別れたきりで何十年も会ってないそうです。一応、病院につき添えるか聞いてみたところ、とんでもないという感じで断られました。中尾葉子自身が亡くなったと聞いても、遺骨は自分が引き取らなくてはいけないのかと、心配そうでした」

「そうですか…」

中尾久志に関しては、かつて暴力団の構成員であったこともあり、家族と絶縁している可能性は高いと考えていたが、妻も同じような状況のようだ。一度に両親と姉を失い、中尾清佳はほぼ天涯孤独となってしまったことになる。捜査員と同じように眉をひそめて考え込んでいると、受付から先ほどの女性職員が出てきた。

「あの、すみません。先生がお会いになるそうなんですが」

橋田は捜査員二名を伴い、女性職員の案内で受付の奥にある面談室へと入った。薬品の臭いがする部屋には、中央に大きなテーブルが置かれ、対面に椅子が並べられている。奥の椅子に白い医療着を着た四十ほどの男性医師が座っていた。

「お待たせしてすみません。救命救急で外科を担当しています関谷《せきや》です」

「警視庁の橋田です。…こちらは部下の捜査員です」

三人並んだ捜査員の中で、一番らしく見えない橋田が代表して名乗り、他の者を「部下」と称するのに、医師は少なからず驚いた顔をした。そんな自分の反応を小さく詫び、三人に椅子を勧める。橋田が医師の前に座り、他の二人は橋田の後方に立った。

「中尾清佳さんの容態はどうですか？」

「はっきり申し上げて、よくはありません。傷自体は浅かったものの、臓器を複数損傷していました。すべての縫合手術は成功しましたが、かなりの出血がありまして、輸血も相当量しています。今後、拒絶反応などの病変も想定しています。まだ若いですから、本人の生命力に頼るしかないというのが本音です」

「…傷は浅かったんですか？」

「そうですね。…三センチから五センチといったところです」

「また担当者が詳しく伺いに来ますが…先生は凶器はなんだとお考えですか？」

橋田に問われた医師は難しげな顔になり、腕組みをした。はっきりとは言えませんが…と前置きした後、自分の考えを述べる。

「包丁よりも、もう少し刃の幅が狭い…ものでしょうね。僕はナイフなどに詳しくないのでわかりませんが、アーミーナイフとか、サバイバルナイフとか呼ばれるものでしょうか。ただ、刃先がぎざぎざしたような…そういう形状のナイフではありませんね。ストレートに切れていましたから」

「刺された場所は腹部で一ヶ所だったと聞いているのですが…」

「はい。…ええと、このあたりですね」

その場にあったレポート用紙に、医師はさらさらとイラストを描き、印をつけた。それから臓器の場所も記して、傷つき縫合した場所も説明する。医師の説明を聞いてから、橘田は視線を上げて尋ねた。

「中尾清佳さんが現在も危ない状態であるのは承知していますが…ここを刺せば確実に亡くなるというような場所ではないようですね」

「刺した人間に殺意があったとか、なかったとかですか？　…どうなのかな。腹部には重要な臓器がいくつもありますし、刺されたりしたら死ぬ確率は高いですよ。…ただ…」

「ただ？」

「殺すつもりだったら、もっと勢いよく刺していてもおかしくはないですね。…というのは、ニュースで中尾さんのご家族が刺されて亡くなったというのを見たからなんですが。ちょっと疑問に思ったんです。中尾さんも殺すつもりだったのなら、もっと深く刺してあってもおかしくなかったなって」

力が尽きたんですかね…と首を傾げて言う医師に、橘田は相槌を返さず、「ありがとうございました」と言った。それから、まだしばらく捜査協力を仰ぐことになるのを、頭を下げて頼む。中尾清佳の意識が回復したら、すぐにでも報せて欲しいとつけ加えた。

「こちらとしてもなんとか助かって欲しいんで、全力を尽くします。…あ、それと、刑事さん。中尾清佳さんには親類の方とかはいませんか。緊急の場合、お報せしなくてはいけませんから」

「…それが現在も当たってはいるのですが、芳しい返事が得られていないのです」

橘田の答えに医師はすっと表情を曇らせた。中尾清佳が救急車で運び込まれたのが、昨日の昼前で、もうすぐ二十四時間が経とうとしている。それでも親類が顔を見せないのには事情があるのだと、察してはいたのだろう。医師は「そうですか」と溜め息混じりで言い、肩を落とした。

「あの子は一人ぼっちになっちゃったってわけですね」

「……」

「まだ十三歳なのになあ」

医師の呟きが橘田の耳に残る。十三歳。こぼれそうになった溜め息を飲み込み、席を立つと、医師に向かって深々と頭を下げる。よろしくお願いします。回復を祈る家族を失った中尾清佳のための言葉が、面談室に重く響いた。

受付前の廊下に出ると、捜査員たちは再度中尾清佳のつき添いに当たってくれる人間を捜すと言い、足早に立ち去った。橘田はもう一度、集中治療室の様子を見ておこうと、待合室へ足を踏み入れた。先ほどは二家族くらいが心配そうに窓ガラスを覗き込んでいたのだが、誰もいなくなっていた。

自分一人なのにほっとし、中央に立ってガラスの向こうを眺める。どれが中尾清佳なのかはやはりわからなかった。それでも、このベッドのどれかで今も苦しんでいるのだと思い、なんとか回復してくれるよう願う。

十三歳なのになあ。そんな医師の呟きがまだ耳に残ったままだ。十五年前、自分は今と同じように集中治療室の外から願っていた。広範囲熱傷で一時は生死の境を彷徨《さまよ》った高平の無事を、ひたすら願った。

あの時の自分たちも十三歳だった。あれから十五年、あっという間だったように思えるが、思い出せば本当に長く濃い日々だった。もしもこの事件の犯人が捕まらなければ、これから十五年、中尾清佳は時効を意識し続けるのだろうか。法改正がなされたならば、二十五年。もしも公訴時効が撤廃されたならば、犯人が逮捕されるまで、ずっと…。

複雑な思いに駆られ、橘田はぼんやり立ちつくしていた。ポケットに入れた携帯が振動し始めたのに驚き、びくんと身体を震わせる。ふうと溜め息をつき、相手を見てから、携帯を手に足早に待合室を出た。

階段を駆け下りる間に呼び出しを告げる振動は消えた。病院の外へ出るとすぐに着歴からかけ直す。話をしながら、車寄せに待たせてあった車に乗り込み、運転手に本庁へ戻るよう指示を出す。桜田門へ戻るまでの間、ひっきりなしに電話がかかってきて、考え事をする暇もなかった。

本庁から所轄署へ、そしてまた別の所轄署へ。移動を繰り返し、橋田が北王子署に戻ったのは、午後七時を過ぎた頃だった。午後八時からは捜査会議が始まる。北王子署の講堂にはまだ捜査員たちの姿はなく、制服姿の婦警が数人見える程度だ。幹部席では渡辺と北王子署の刑事課長が並んで座り、次々と入ってくる情報を振り分けていた。

「管理官。検案書が届いてますよ」

「どうですか?」

「死亡推定時刻は深夜二時から五時の間です。注目すべきは中尾久志の右手中指から発見された皮膚ですかね」

橋田は渡辺の隣に腰かけ、手渡された死体検案書に素早く目を通す。俯せで倒れていた中尾久志には脇腹と背中に、合わせて五ヶ所の刺し傷が見つかったという報告がある。死亡原因は刺し傷が原因の、出血多量によるショック死。傷はどれも深く、十センチから十五センチに及んでいる。

「おそらく、最初に脇腹を刺されて咄嗟に犯人の腕かなんかをひっかきでもしたんでしょう。それで爪に皮膚が残ったんじゃないでしょうか。ただ、本人のものである可能性もありますから、鑑定中です」

中尾葉子の刺し傷も中尾久志と同じく五ヶ所だったが、彼女はすべて背面に刺し傷があった。傷の深さも、死因も同じだ。

「奥さんの方は逃げようとしたところを、背中から…ですな。膝に打撲痕があるようですから、一刺しされた衝撃で前のめりに倒れて、そのまま、さらに刺されたと」

「……どちらも複数回刺されていますが、長女は違うんですね」

長女の愛理は腹に一ヶ所、刺し傷が見つかっただけだった。ただ、傷は深く、出血多量で死亡している。子供だからと手を緩めたのか。しかし、子供とはいえ、愛理は高校生で、母親の葉子とは同じような背丈である。

腹を一ヶ所…というのは、次女の清佳と同じだ。橘田は眦を小さく歪め、病院で医師から得た話を渡辺に聞かせた。

「中尾清佳の病院に行ってきました。次女も長女と同じあたりを一ヶ所、刺されていましたが、先生によると、傷が浅いそうなんです。それで一命を取りとめたようなんですが…。私見として、先生が殺すつもりであればもっと深く刺したのではないかと…おっしゃっていました」

「犯人は次女だけ殺すつもりはなかったと?」

「中尾久志と葉子が五ヶ所。それに対し、姉妹はどちらも一ヶ所です。力が尽きて…というのも納得がいかないのですが」

「理由があるとお考えですか」

難しい顔で尋ね返してくる渡辺に対し、橋田は先を続けず、死体検案書に再び目を落とす。死亡推定時刻は渡辺の言った通り、三名とも、午前二時から五時にかけて。深夜から明け方の一番人気の少ない時間帯を狙った犯行だ。家人が全員寝静まった頃を狙い、住宅へ侵入し、犯行に及ぶ。昨日訪ねた中尾家の様子を思い出しながら、橋田は渡辺に問いかけた。

「あの家には監視カメラが複数ありましたよね？　それに民間警備会社とも契約している様子だった。そちらはどうですか？」

「通りに面した門と、車庫、玄関先と、監視カメラが三台設置されていましたが、どれも録画機能はついておらず、鑑識が調べたところによると履歴なんかも残っていないようです。それに民間警備会社とは契約していなかったんですね」

「シールだけ…貼《は》っていたということですか」

「金貸しはケチですからな」

民間警備会社と契約しているように見せかけるため、シールだけを目立つ場所に貼るというのはよくあることだ。警備会社のロゴマークが入ったシールも、おおっぴらではないが、市販されている。

とすれば、誰も犯人の侵入に気づかなかったことになる。通報した新聞店の経営者夫人によれば、中尾家の門扉はオートロックになっていたそうだが、犯人はどうやって侵入したのか。そんな橋田の疑問に、渡辺が続けて答えた。

「詳しい報告は捜査会議で上がるでしょうが、どうもオートロックだったのが逆に命取りだったようです」

「どういう意味ですか?」

「あそこは門も玄関のドアも、暗証番号を入力して開けるっていうマンションによくある感じの電子錠になっていたんですが、どちらもなんらかの方法でショートさせられていた形跡が見つかりました。隙間に電極なんかを突っ込んで、電流を流して機械をバカにしたんですな」

「犯人は中尾家の防犯事情を調べてから犯行に及んだ可能性が高いですね」

「そうなりますな」

橘田は少し考え込んだ後、再び検案書に目を通した。渡辺の言った通りで、目立つ記載は中尾久志の右手中指から見つかった皮膚片のみで、他に特徴や遺留物などは見られない。

次に凶器に関する報告書を捲る。三名を殺害した凶器は同一のものであろうという報告があった。中尾清佳の担当医師との見解と同じく、包丁ではなく、幅の狭い、刃渡りの長いナイフ状のものである。現在、該当するナイフを確認中。科研では国内で販売されているほとんどのナイフ類のデータを保持している。一両日中には凶器が特定されるだろう。凶器が特定されれば、その販売ルートから犯人への手がかりが摑める可能性も出てくる。先に犯人が確保できた場合は、犯行を立証する材料にもなるだろう。

「…中尾の方はどうですか?」

声を潜め、渡辺の方を見ないで尋ねる橘田に、渡辺も彼を見ずに「後ほど」と答えた。まだ情報が上がってきていないのか、集まりつつある捜査員たちの耳を気にしているのか。橘田が死体検案書に目を通している間に時間は経ち、静かだった講堂に捜査員たちの姿が三々五々見え始めた。

時刻は七時五十分。間もなく、捜査会議が始まる。

朝から一日、動き回っていた捜査員たちにより、膨大な情報がもたらされた。しかし、残念ながら、犯人に直接結びつけられるような有力な情報は見当たらなかった。

中尾家は十年前にあの住宅街で売りに出た家を購入し、引っ越している。その際、元々建っていた家を取り壊し、今の住宅を建てた。近辺の住宅とは一風違う趣であるのはそのせいで、しかも、中尾の仕事柄もあり、高い壁を四方に張り巡らせた屈強な住宅であったから、建築途中から近辺の住人の間ではどんな人が越してくるのだろうと、不安混じりに噂されていたという。

「引っ越し当初から、中尾家は住宅街の中で敬遠されていたようです。妻の葉子や姉妹に関しては悪い話は聞かれませんでしたが、中尾に対しての印象はおしなべてよくありませんでした。中尾は近所には紳士的な態度で接していたようですが、外見や雰囲気からまともな職業ではないだろうと噂されていました。今回、中尾に関しての報道が流れ、やっぱりという声が多く聞かれました」

　そして、要塞めいた屋敷と季節が、些細な目撃情報も遮断した。

「事件当夜は熱帯夜だったこともあり、中尾家と隣接する三軒…及び、その周辺の住宅すべてでエアコンを使用していました。よって、中尾家からの物音が聞こえたという人間は現在のところ、見つかっていません。隣接する三軒によると普段から、高い壁に遮られていたせいで、中尾家から物音が聞こえたりすることはなかったそうです。一階に関しては電気が点いているかどうかもわからなかったようです」

「ただ、二階に関しては目撃情報がありました。中尾家の西隣…太田《おおた》という家の次男からです。次男の部屋は中尾家に面した東側にありまして、そこから中尾家の二階が見えます。実際、自分も上がらせてもらい、見てきたのですが、部屋の中までは遠くてわかりませんが、電気が点いているかどうかはわかると思われます。次男の証言によりますと、事件当夜、次男が就寝する十二時頃には電気が点いていたそうです」

「中尾家の二階には長女、次女、二名の部屋があった。どちらだ?」

「南になりますから…長女の部屋だと思われます。北側の次女の部屋は太田家からは確認できませんでした。中尾家の北面に当たる住宅は夫婦二人暮らしで、普段、二階の部屋は使っていないそうで、同じような目撃情報は得られていません」

　そうなれば、十二時には長女…もしくは次女は生きていたことになる。長女の部屋から発見されたのは、重体の次女だった。二人がどうして、いつ、部屋を替わったのかは明らかになっていない。それに死亡推定時刻は午前二時から五時とされている。当然と言えば当然の目撃情報で、さほど役に立つとは思われなかった。

他の地取り班からの報告も同じようなものだった。近辺から凶器など、犯行に使用されたと思われる物品は一切見つかっていない。不審な人物、車両を見かけたという情報も特になく、死亡推定時刻に合わせた聞き込みを今夜から行うという。深夜であっても、都内では定期的な人通りが見込める。新聞販売店の配達員が異変に気がついた早朝六時過ぎまでの間、他に中尾家に目を留めた人間がいないかどうか、聞き込みを続けるのだ。

続いて、司法解剖による遺体の状況についての報告があった。橘田がすでに目を通していた死体検案書に基づくもので、続いて凶器に関する報告、現場からは目立った遺留物が発見されていないことなどを、報告書に目を落としながら聞いていた。

その時、講堂の後方にあるドアが開いた。橘田がすっと視線を上げると、組対の明石たちが入ってくるのが見える。捜査会議開始時刻は八時であると通達はしてあるが、それぞれの状況により遅れたり欠席したりする場合もある。開始直後、明石たちの姿が見えなかったので、橘田は現れないのではと考えていた。

向こうも自分を常に窺っているとわかっている。不要な視線はトラブルの元だ。すぐに目線を下げ、報告に耳を澄ませた。明石たちは収穫を上げてきたのか。中尾久志の敷鑑には特捜本部の全員が注目している。今のところ、そこが一番犯人に近いと考えられているからだ。

明石たちが戻ってきたのを渡辺も把握しており、証拠品担当の捜査員からの報告が終わったのを見て、明石たちの名を呼んだ。

「明石さん。中尾久志の鑑報告をお願いします」

誰もがそこに鍵があると考えている報告だ。講堂内がしんと静まり返り、後方の席から立ち上がった明石の方を窺うように見る。明石は眉間に皺を刻んだ難しげな顔つきで、その日の成果を報告した。

「中尾は恨まれる相手には事欠かない奴だった。その中でもここ一年、派手にトラブった相手はいないか当たってみた。まず、板橋の自営業者。これは…」

硬い口調からも推測できたように、中尾たちは空振りに終わっていた。これと目星をつけた相手から当たっていたが、確実なアリバイがあったり、中尾を殺すどころの状況でない人間もいて、最初から躓いた形だった。

「…明日も続けて、リストアップした人間を当たっていくつもりだ。場合によっては過去の借入者も含めようと考えている。それから中尾が前にいた大和組の関係者にも聞き込みを入れている。中尾は組を抜けたが、幹部連中と密接な関係を続けていた。そのあたりでもトラブルがなかったか、捜査中だ」

渋い顔で締め括り、席に座った明石に対し、渡辺も橋田も何も言わなかった。明石が言ったように、中尾の関係者からすぐにホシが挙がるとは、両名とも考えてはいなかった。だが、以前、容疑濃厚なのは中尾の関係者であり、明石たちの独断的な手法に対する批判は抑え、動向を見守る方が適切だろう。

その後、中尾久志、葉子の経歴に関する報告や、姉妹の鑑捜査に関する報告が上がった。長い報告が終わり、捜査会議がお開きになった時には午後十時を過ぎていた。報告書を書く者、再び捜査へ出掛けて行く者など、講堂内の捜査員たちは夜になっても慌ただしく動く。その中で明石たちがさっさと姿を消したのを見て、渡辺が橘田に声をかけた。

「管理官、ちょっと出ませんか」

「…はい」

まだ捜査報告に関する打ち合わせは残っている。周囲に「飯を食ってくる」と渡辺は言い残したが、管理官と係長という特捜本部のトップ二人が揃って出ていくのを、講堂内に残っていた捜査員のほとんどが、窺うように見ていた。

渡辺は橘田を連れ、北王子署の斜め向かいにあるファミレスに入った。二人が席に着くとまもなくして、主任の林がどこからともなく姿を現し、同じ席に座る。

「ここは管理官の奢《おご》りですか」

にやりと笑い、聞いてくる林に橘田が面食らっていると、渡辺が「だろうな」と相槌を打つ。

「特命の隠密行動だ。晩飯くらいは奢ってくれるだろう」

「…わかりました」

からかう二人に対し、橘田は真面目な顔で頷く。それがおかしいというように、渡辺と林は顔を見合わせて笑った。林は三十半ばで、捜査一課に来てもうすぐ十年になる。妻と二人の子供がいて、刑事の薄給では厳しいのだと渡辺がつけ加えた。

「昔と違って、小遣い稼ぎなんてできない世の中ですからな。それにこいつはくそ真面目で。要領が悪いとも言うんですが」

「くそは余計です。それに真面目さで管理官には勝てないようです」

注文を取りにきたウェイトレスに、それぞれが遅い夕食を頼んだ。運ばれてきたお冷やに口をつけると、林が「行ってきました」と口を開いた。

「中尾の事務所は西池袋の雑居ビルにあるんですが、早々に店じまいするようで、片づけにかかってました。中尾の右腕は岡部《おかべ》という四十半ばの、大和組時代から中尾の舎弟だった男です。さんざん明石さんに絞られたようで、いい顔はしませんでしたが、話はしてくれました。…まず、中尾は家族に関する話は岡部にもあまりしなかったようです。なので、家族がトラブルを抱えていたかどうかはわからないと言ってました。どうも中尾が十年前に組を抜けたのも、娘のためらしいんですよ」

「娘？　長女か、次女か」

「長女ですね。母親の葉子が教育熱心で、娘を私立校に入れたがったみたいなんですが、親の職業がヤクザじゃ入れないところだったらしいんです」

「それで足抜けして金貸しか。大差ないだろう」

「あるんじゃないんですか」

肩を竦めて林が答えると、ウェイトレスが三人の夕食を運んできた。渡辺は唐揚げ定食、林はハンバーグ定食、橘田はミートソーススパゲティを頼んだ。夜も遅いというのに、食欲旺盛な様子で食べ始める二人の横で、細々と麵をすする。

「…で、次女も同じ私立校に入学したんですが、長女の方は高校からさらにランクの高い学校に変わったようです。出来がいいのが自慢だったようですよ。でも、岡部に聞こえてきたのはそれくらいで、自分がヤクザだったのも娘たちには隠したがっているようだったって言ってました」

「私学のお嬢さん校に通う姉妹にとっちゃ、親父が元ヤクザで金貸しだってのは、知られたくない秘密だったろうな。中尾もそれにつき合って、家族と商売には線を引いてたってわけか」

ふんと鼻息をつき、渡辺は片手で掴んだお椀からみそ汁を飲む。それを見ながら、橘田は「他には?」と林を促した。

「あと…一つ、気になる情報がありました。中尾はフリーライターから取材を申し込まれてたみたいです」

「取材? なんのだ?」

「それが…岡部が話を聞こうとしていたら、中尾がやってきて追い返したらしいんですよ。ほら、中尾は自分の素性を隠したがってたわけですから。取材なんて冗談じゃないって気分だったんでしょうね」

「フリーライターか…。気になるな。ライターが嗅《か》ぎ回るようなネタを中尾が持ってたって可能性もある。追い返さなきゃいけない理由が別にあったのかもしれない。フリーってことは出版社なんかに所属してるわけじゃないんだな?」

「そうでしょうね。…ええと、名前と携帯の番号はわかります。岡部が名刺だけ受け取っていました。ええと…」

林は箸を置き、懐から手帳を取り出る。ぱらぱらとページを捲り、メモしてきた名前を口にした。

「…名前は…倉橋…祥吾です。まだ二十代半ばくらいの、若造だって岡部は言ってましたがね」

斜め前に座っている林の口から漏れた名前を聞いた途端、橘田は思わず息を飲んだ。まさか。どんな時でも隙を見せたりしないよう、常に気をつけている橘田が不覚にも見せてしまった動揺に、渡辺はすぐに気がついた。

「…管理官。知ってる名前ですか?」

窺うような視線を感じながら、橘田はゆっくり目を上げる。口の中に含んでいたスパゲティをわざと大きく咀嚼して、首を横に振った。

「…いえ。ライターというのが気になりまして」

「…調べますか?」

「下手に嗅ぎ回って向こうに勘ぐられても厄介です。世間の注目を集めている事件ですし、本人も中尾久志が亡くなったのを報道で知って、我々からの接触を待っているかもしれな

い」

「ですね。中尾に取材をかけるフリーライターなんてアングラ系のネタを扱っているような奴でしょうし、警察から事情聴取されたってだけでネタにしますよ」

「岡部には取材されるような心当たりはあったんですか？」

林が同意してくれたのに内心でほっとし、橋田は聞き返す。渡辺に勘ぐられているかもしれないと思ったが、彼は表面上、何も思っていないような顔をしていた。

「おそらく、闇金の裏を探るとか、適当なルポでも書くつもりだったんじゃないかって言ってました。中尾のところへ取材が来たのは初めてだそうですが、同業者の間では稀《まれ》に聞くそうです」

「そいつの書いた記事を調べてみたらわかるだろう。井上《いのうえ》あたりに洗わせてみろ」

「わかりました」

渡辺は若手刑事の名前を出して林に命じる。彼は話しながらもいつの間にか唐揚げ定食を食べ終えていたが、橋田の皿にはまだ三分の一近く、スパゲティが残っていた。

「管理官は食べるのが遅いですな」

「…すみません。どうもこれだけは上達しません」

軽い口調で言い、渡辺と林の失笑を誘う。残りのスパゲティを機械的にかき込み、水で流すようにして飲み込んでから、二人に待たせたのを詫びて席を立った。最初にからかわれたのを本気にしていた橋田は、レジで三人分を払おうとして、また渡辺と林に笑われた。

そんなやり取りがあったせいで、なんとかごまかせていたが、橘田の心中は荒れていた。倉橋祥吾。その名をこんな状況で聞くことになるとは。過去の後悔が足元から這い上がってくるような錯覚に囚われ、息をするのも苦しかった。

北王子署へ戻り、翌日の捜査に関する打ち合わせや、上がってきていた報告書、新たに入ってきた情報の整理など、様々な対応に追われるうちにあっという間に日付が変わった。特捜本部が立ち上がれば、一期と呼ばれる事件発生からの二十日間は、捜査員の多くが泊まり込んで昼夜なく捜査に当たる。橘田は他にも捜査本部を抱える管理官であり、現在は北王子署の特捜本部をメインに置いているものの、泊まり込んではいられない。深夜二時近くに区切りをつけ、渡辺に後を任せ、特捜本部のある講堂を出た。

一人になると厄介事が頭を占領する。自分はどう対応すべきか。難しい顔で考え込みながら、署の玄関前につけられた車に乗り込み、本庁へ向かうよう指示を出した。

倉橋を最後に見たのは…六年前。大学を卒業し、警察庁への入庁を控え、東京へ戻ってきた頃だ。何も言わずにいなくなった自分を追いかけてきた倉橋に、嘘をついていたのを認め、きっぱりと決別を告げた。苦痛に満ちた顔で涙を流し、倉橋は背を向けて暗い夜道を去って行った。

彼は生涯、自分を許さないだろう。そう思っていたから、二度と会わないと決めた。多忙な職に就き、転勤や留学などで忙しく居を移していたのを言い訳にし、大阪の家は一度も訪ねていない。この六年、父親とは東京で数回顔を合わせたが、義母や義理の弟妹たちの顔は見ていなかった。

ただ、義母と電話では話をしており、倉橋のその後は聞いていた。京都の大学に進学した彼は、二年で大学を中退している。その後は大阪で働いているという話だった。東京でフリーライターをしているなどとは思ってもおらず、橋田の中では半信半疑の部分もあった。同姓同名なのではないか。一致しているのは名前と二十代半ばという年齢だけだ。とにかく、倉橋の現状を確かめなくてはならない。仕事しか頭にない父親よりも、義母に聞いた方が早い。すぐにでも電話したかったが、時間が悪かった。翌朝一番で電話しようと決めた。

本庁で所用を済ませ、一度、官舎に戻った。時刻は明け方近く、簡単に身繕いする程度の時間しかない。六時を過ぎると、そろそろ起きているだろうと考え、橋田は義母の携帯へ電話をかけた。

橋田の読み通り、義母は起きていたが、ひどく驚いていた。無理もない。普段は音信不通に近い、義理の息子から早朝に電話がかかってきたのだ。

『どうしたの？　何かあった？』

「いえ、朝早くに驚かせてすみません。仕事に出てしまうと、なかなか電話できる機会がないんです。ちょっと、お伺いしたいことがありまして」

事件に関わっているかもしれないとはとても言えない。橋田は遠回しに、小さな嘘を混ぜ込んで倉橋の現状を聞いた。

「知り合いが『倉橋祥吾』というフリーライターから取材を受けたと聞いたんですが、祥吾くんとは違いますよね?」

同姓同名だから気になったという聞き方で確認する橘田に、義母は「ああ」と溜め息のような声で答えた。

『祥吾やと思うわ。あの子、今、東京にいるんです』

義母の返答は橘田の期待を裏切るものだった。電話だから、相手に顔は見えない。橘田は派手に眉をひそめ、「そうなんですか」と相槌を打つ。

「大阪で働いていると聞いていましたので…」

『一真さん、アメリカに留学しはったでしょ。その前だったか後だったか、忘れたけど、ふいに祥吾から連絡があって、東京におるからって言われたんです。なんでて聞いたら、出版関係の仕事を始めたて。今年のお正月に電話した時には、そのフリーライターですか。そういう仕事をしてる、言うてました』

「どこに住んでるんですか?」

『世田谷の……どこやったかしら。私、東京の地名とか弱くて』

「住所はご存知ないんですか?」

『聞いてません。あれやったら、電話して聞きますけど。一真さんが電話してくれはってもええですよ。番号、教えましょうか』

林に聞くのは憚られる。念のためにと思い、橘田は義母から倉橋の携帯番号を聞いた。自分は忙しくしているので、連絡が取れるのはいつになるかわからないし、会えるかどうかもわからないので、自分からこのような連絡があったことを倉橋には伝えないで欲しいと頼んだ。

「今の職場が非常に多忙なところでして、職務中に電話をかけてこられても困るんです」

『わかりました。一真さん、忙しいのはわかるけど、ちゃんとご飯食べて、寝てくださいね。身体、壊したりしたら元も子もありませんよ』

「はい、ありがとうございます。いろいろ不義理をしておりまして申し訳ありません。父のこと、よろしくお願いします」

他人行儀な挨拶で締め括り、橘田は通話を切った。携帯を畳むと、大きな溜め息をつく。やはり、中尾に取材をかけたのは倉橋だと考えて間違いないだろう。まさか、こんな関わり方をしなくてはならなくなるなんて。

放置するべきか。しかし、万が一、倉橋が中尾一家殺害に関する情報を保持していたら、まずいことになる。渡辺は倉橋を調べさせる。その結果いかんでは、自分に捜査の指示を仰いでくる。

特捜本部を統轄する管理官と、容疑者として再会を果たした場合、倉橋がどう出るかわからない。義兄弟として対応してくれるとは限らない。嘘をつき、一方的な別れを告げた自分を倉橋が恨んでいる可能性は高く、過去の件を持ち出すかもしれない。

そう恐れると同時に、倉橋はそんな真似をする人間ではないと強く信じている心があった。倉橋と過ごした半年余りは、橘田にとって今でも大切な思い出だ。嘘をつき、彼を騙した。義弟と関係を結んだという事実は苦いものだった。それでも、京都にいる間は一緒にいたいと…勝手な思いを抱いて関係を続けていたのは、倉橋といると純粋に楽しかったからだ。

けれど、倉橋にとっては嫌な過去でしかないだろう。倉橋は今、自分と再会したらどう思うだろうか。想像するだけで目の前が真っ暗になるような気がして、橘田は眉をひそめて目を閉じた。

様々なリスクを考慮しても、倉橋と一度会って、話をしなくてはならない。橘田は重い結論を胸に、短い滞在で官舎を後にした。倉橋の携帯番号はわかっているが、迂闊《うかつ》に電話はできない。倉橋が容疑者として捜査対象になった場合、残った記録が厄介の元となる。

現住所を調べ、会いに行った方が確実だ。しかし、倉橋がどこに住んでいるかはわからない。義母に聞いてもらうという手が近道だが、向こうに警戒されるかもしれないし、義母を不審がらせるのも避けたかった。他に手段がないかと考えているうちに本庁に着き、職務で忙殺され、倉橋の一件が頭から遠ざかる。

隙を見ては考え続けていたのだが、結局、夜まで妙案は浮かばなかった。何より、橘田は忙しすぎた。その日も特捜本部には膨大な量の情報が入ってきており、それらを捌《さば》くだけでも時間があっという間に経つ。身動きできない橘田は、自分にとっては唯一の、頼れる相手に縋ろうと決めた。

八時から始まった捜査会議の後、下命事項の確認などを終え、講堂を出た。時刻は十二時前、署の正面玄関へ向かう足を緩めながら、携帯を取り出す。ワンコールで出た高平に、橘田は「頼みがある」と切り出した。

『どうした?』

「倉橋祥吾というフリーライターの現住所を調べて欲しい」

『……。ちょっと待て』

周囲を気遣ってか、高平は橘田の話を遮り、待つように要求した。橘田は一階へ下りると、人気のない廊下の壁を背にして立つ。両脇に目線を走らせ、間近に誰もいないのを確認して小さく息を吐く。間もなくして、「倉橋祥吾?」と高平の声が繰り返してきた。自分と同じく、人気のない場所へ移動したのだろう。

「中尾に取材を申し込んでいたフリーライターだ。六係の井上が調べているはずだが、向こうには悟られないようにしたい」

『どうして?』

「……倉橋は親父が再婚した相手の息子だ。つまり……俺の義理の弟なんだ」

橘田の答えを聞いた高平は沈黙した。父親が再婚したという話は、東京で再会した時に伝えていたが、義理の弟妹についての話はしなかった。驚いている高平に、橘田は潜めた声で事情があるのだと続ける。

「倉橋は大学を中退し、大阪で働いた後、一昨年あたりに出版関係の仕事をすると言って上京したそうだ。義母は携帯の番号は知っていても、どこで暮らしているかは知らなかった。まさかとは思うが、容疑者として浮上するようなことになれば…」

『待て。義理の弟に…お前は会ったことがないのか？』

「…いや。六年前に会ったのが最後だ。勤め始めてからは会っていない」

義理の間柄とはいえ、六年も会っていないというのを訝しがられるかと思ったが、同じ警察官であり、橘田の多忙ぶりや異動の多さをよく知る高平は何も言わなかった。そうか…と低い声で相槌を打つ高平に、橘田は続ける。

「義母に住所を聞いてもらえば、心配をかけるし、本人にもこちらの動きを悟られるかもしれない。その前に、本人と直接会って話がしたいんだ」

『…わかった』

「できるか？」

『俺をなんだと思ってるんだ。刑事だぞ』

笑いを含めた不遜《ふそん》な言い方をして、高平は「また連絡する」と加えて通話を切った。携帯を閉じ、橘田はそれを握りしめて歩き始める。正面玄関から出ると、待っていた車に乗り込み、行き先を告げてから目を閉じた。

心配は無用だと言ったくせに、こんな形で迷惑をかけてしまうとは。こんな有様では、高平から自分を心配する癖が抜けやしないと反省する。あとは高平の返事を待つしかないと思いつつ、次の仕事へ向かうため、気持ちを切り替えた。

翌日。早朝から職務に忙殺されていた橘田は、高平に頼んだ一件がどうなっているか、考える暇もなかった。それを思い出したのは、夏の長い太陽が落ち始めた頃、北王子署へ向かう車の中だった。

振動する携帯を見れば高平の番号がある。息を飲んでから、ボタンを押した。

「…はい」

『わかったぞ。現住所は世田谷区三軒茶屋《さんげんぢゃや》2の……、コーポアイリス103号室』

低い声で告げられる住所を頭の中へ書きとめる。義母も世田谷という地名を口にしていた。間違いないだろう。

「世話をかけた」

『今晩、行くのか?』

尋ねてくる高平の口調が、自分もついていくと言い出しそうなものであるのを感じ取り、橘田は微かに眉をひそめた。これ以上、迷惑をかけるわけにはいかない。「大丈夫だ」と強い調子で返す。

『お前にとっては義理でも弟だ。そういう人間を悪く言いたくはないが、アングラなネタばかり扱ってるライターだぞ。お前なんか、格好のネタ元なんじゃないか』

「心配しなくてもいい。…身内の問題だ」

声を潜めてつけ加えると、高平は口を閉じた。その隙を狙い、「また連絡する」と言って通話を切る。鼻先から長く息を逃し、顔を上げると北王子署が見えた。捜査会議が始まる八時までまもなくだ。高平もすでに北王子署へ戻っており、自分の姿がないのを見て、電話をかけてきたのだろう。

橘田は講堂へ入ると、渡辺の隣にさっと腰を下ろした。特捜本部設置から四日目。情報は集まってくるものの、犯人に結びつくようなものはなく、組対の明石たちも容疑者を挙げられずにいた。

膠着《こうちやく》状態に近いような捜査会議が終わったのは、十時少し前だった。それから翌日の捜査に関する下命内容を渡辺らと共に検討し、十一時過ぎに北王子署を出た。本庁へは寄らず、官舎へまっすぐ戻る。翌早朝の迎えを運転手に頼み、いったん、部屋へと戻った。そこからタクシーを呼び、再び官舎を後にする。

三軒茶屋までの間、タクシーの後部座席で、橘田は倉橋に会った際のシミュレーションを繰り返していた。記憶にあるのは高校三年生の倉橋で、現在、彼がどのような姿になっているのか、想像もつかない。あれから六年が経ち、倉橋は二十四歳になっている。

身体は自分よりもはるかに大きかったけれど、まだ少年くささが抜けていなかった。高校を卒業して、成人し、社会人になると、誰でも顔つきや雰囲気が変わる。高平と何年ぶりかに再会した時も驚いたものだ。

「…お客さん。このあたりなんですが、詳しい場所まではわからないんですよ。そこに交番がありますから、聞いてもらった方が早いと思うんですがね」

「わかりました。ありがとうございます」

運賃を稼ぐため、客を乗せたままうろついたりしない運転手の正直さに礼を言い、橋田はタクシーを降りた。勧められた交番には行かず、電柱にある番地表示を頼りに倉橋が住むアパートを探す。

駅近くの入り組んだ住宅密集地にはそこかしこに賃貸住宅があり、高平から聞いた「コーポアイリス」という建物を探すのに一苦労した。三十分ほど歩き回り、ようやく、細い路地の奥にあるコーポアイリスを見つけた。

二階建ての木造アパートを下から見上げた橋田は、不思議と懐かしい思いに駆られた。どこかで見たことがあるような気がする。そう感じて記憶を探り、コーポアイリスの外観が京都で下宿していたアパートに似ているのだと思った。

「……」

だが、この手の木造アパートなど、日本全国どこに行っても同じような建物だろうし、ただの偶然だ。倉橋に会おうとしていることで、余計なセンチメンタリズムが湧き出しているのかもしれない。自分の愚かさに溜め息をつき、コンクリート張りの廊下へ足を踏み入れる。

１０３号室には表札は出ておらず、廊下側には窓などがないので、在宅しているかどうかもわからなかった。橋田は軽く深呼吸してからチャイムを押す。しばらく待ったが応答はなく、再度押した。それでも応答はなく、留守なのかと、緊張していた身体を少し弛緩《しかん》させた時だ。

「留守みたいだぞ」

「！」

背後から聞こえてきた声に驚き、振り返ると高平がいた。まさかという思いと、やっぱりという思いが錯綜《さくそう》して、橋田は眉をひそめる。険しい彼の表情を見て、高平は勝手な行動を詫びた。

「悪い。どうしても気になって」

「…身内の問題だと言っただろう」

「身内と言ったって、義理だし、六年も会ってないんだろ？　向こうがどう出てくるか、わからないじゃないか」

「あいつは…」

倉橋は自分を利用したりする人間じゃない。そういうつもりがあるのならば、とうの昔に向こうから接触してきていたはずだ。東京にいることさえ、報せてこなかったのは……自分と同じく、二度と会うつもりがなかったからだ。

なぜなら。苦い別れを思い出すと、せつなさが湧き出す。こんな気持ちを高平にどう説明したらいいのか。橋田に言葉はなく、倉橋と再会する場にもいて欲しくなかった。とにかく、この場から立ち去ってくれと頼もうとして、顔を上げた。

そして。

「………」

高平の向こうに人影を見つけて、硬直する。六年ぶりに見る相手の姿はすっかり変わっており、暗がりでは面影の一つも見つけられなかった。なのに、それが倉橋だと一瞬でわかった自分を悔いるような思いで、橘田は深々と息を吐き出した。

あとがき

こんにちは、谷崎泉です。リセット上巻をお届けします。

このお話は二〇〇四年の事件を中心とし、過去の出来事も合わせて書いております。重い内容であるのと同時に、殺人事件が絡んでくるため、専門用語も多く、いつも以上に読みにくい部分もあるかもしれません。どうか、それにめげず、下巻もおつき合い願えたらと思います。

今回、挿絵を担当してくださいました奈良千春先生に厚くお礼申し上げます。どうもBLの枠から大きくはみ出しているような気がしておりまして、拙作にもほどがあるのではと…申し訳ない限りです。挿絵をつけていただくと、常々、馬子にも衣装という言葉を痛感しておりますが、今回も嚙み締めております。

また、渋い内容に涙を飲んで（たぶん）つき合ってくれた担当編集にも、心からの感謝を送りたいです。足を向けて寝られません。ありがとうございました。


では、下巻にて。

谷崎泉

本作品は個人誌「リセット」（２００４年発行）に加筆修正したものです

谷崎 泉先生、奈良千春先生へのお便り、
本作品に関するご意見、ご感想などは
〒101-8405
東京都千代田区三崎町2-18-11
二見書房　シャレード文庫
「リセット」係まで。

CHARADE BUNKO

リセット〈上〉

【著者】谷崎《たにざき》 泉《いずみ》

【発行所】株式会社二見書房
東京都千代田区三崎町2-18-11
電話　03(3515)2311［営業］
　　　03(3515)2314［編集］
振替　00170-4-2639
【印刷】株式会社堀内印刷所
【製本】ナショナル製本協同組合

落丁・乱丁本はお取り替えいたします。
定価は、カバーに表示してあります。

ISBN978-4-576-11050-9

http://charade.futami.co.jp/

CHARADE BUNKO

スタイリッシュ&スウィートな男たちの恋満載
谷崎　泉の本

どう見たって……君は　抱かれる方に向いてるだろう

夜明けはまだか〈上〉

イラスト＝藤井咲耶

資産、才能、容姿、すべてに恵まれた評論家・谷町胡太郎。だが私生活は九年に及ぶ片想いと三人の居候に支配されていた。そんな胡太郎の弱点を抉る痛烈な一言を浴びせてきたのは……。

好きじゃないのに、あんなことしたの？

夜明けはまだか〈下〉

イラスト＝藤井咲耶

伝説の官僚にして、議員秘書・小早川秀峰に乏しい恋愛遍歴を言い当てられた上、貞操まで奪われてしまった谷町胡太郎。合意していない相手の身体を悦んで受け入れてしまった心境は複雑で…。

CHARADE BUNKO

スタイリッシュ＆スウィートな男たちの恋満載
谷崎 泉の本

ファーストクラスの危険な誘惑

恋泥棒を捜せ！1〈パンダ航空・噂の二人編〉

イラスト＝藤井咲耶

パンダ航空客室乗務員・春日野美雁はパイロットの神園修慈との腐れ縁を断ち切ろうと決心していたが…

欲望渦巻くセクシャルフライト第二便！

恋泥棒を捜せ！2〈パンダ航空・狙われた華編〉

イラスト＝藤井咲耶

神園から一途宣言されて大迷惑の美雁。職場にも関係はバレバレ(？)で、ためいきの毎日。そんなある日…

シリーズ完結編、全編書き下ろし！

恋泥棒を捜せ！3〈パンダ航空・愛の狩人編〉

イラスト＝藤井咲耶

美雁が乗務する機がハイジャック！ 危険を顧みず救出に来た神園にやっと自分の心を認めた美雁だが…